何物浓情

乐茵——著

北方文藝出版社

·哈尔滨·

图书在版编目（CIP）数据

何物浓情 / 乐茵著. -- 哈尔滨 ：北方文艺出版社，

2024. 8. -- ISBN 978-7-5317-6399-4

Ⅰ．I267

中国国家版本馆 CIP 数据核字第 202441HL62 号

何物浓情

HEWU NONGQING

作　者 / 乐　茵
责任编辑 / 宋雪微　　　　　　　　　封面设计 / 杭州众书

出版发行 / 北方文艺出版社　　　　　邮　编 / 150008
发行电话 /（0451）86825533　　　　经　销 / 新华书店
地　址 / 哈尔滨市南岗区宜庆小区 1 号楼　网　址 / www.bfwy.com

印　刷 / 成都荆竹园印刷厂　　　　　开　本 / 880mm×1230mm　1/ 32
字　数 / 102 千　　　　　　　　　　印　张 / 5.5
版　次 / 2024 年 8 月第 1 版　　　　印　次 / 2024 年 8 月第 1 次印刷

书　号 / ISBN　978-7-5317-6399-4　　定　价 / 66.00 元

目　录

本是同根生

白马篇

白马饰金羁，连翩西北驰。

借问谁家子，幽并游侠儿。

少小去乡邑，扬声沙漠垂。

宿昔秉良弓，楛矢何参差。

控弦破左的，右发摧月支。

仰手接飞猱，俯身散马蹄。

狡捷过猴猿，勇剽若豹螭。

边城多警急，虏骑数迁移。

羽檄从北来，厉马登高堤。

长驱蹈匈奴，左顾凌鲜卑。

弃身锋刃端，性命安可怀？

父母且不顾，何言子与妻！

名编壮士籍，不得中顾私。

捐躯赴国难，视死忽如归！

——曹植

燕歌行

秋风萧瑟天气凉，草木摇落露为霜，群燕辞归鹄南翔。

念君客游思断肠，慊慊思归恋故乡，何为淹留寄他方。

贱妾茕茕守空房，忧来思君不敢忘，不觉泪下沾衣裳。

援琴鸣弦发清商，短歌微吟不能长。明月皎皎照我床，

星汉西流夜未央。牵牛织女遥相望，尔独何辜限河梁。

——曹丕

《白马篇》是曹植诗歌创作中的名篇。诗中塑造了一个生动鲜活的边塞游侠形象，寄托了诗人无畏生死、渴望建功立业的雄心壮志和爱国情怀。

全诗自"白马饰金羁"始起笔不凡，游侠豪气呼之欲出。随后描写游侠武艺高强，不顾安危，奋勇抗击外来侵略者。"弃身锋刃端，性命安可怀？父母且不顾，何言子与妻"句令人动容，末句"捐躯赴国难，视死忽如归"，在保家卫国、视死如归的情感高潮中收束全篇。整首诗慷慨激昂，文采飞扬。

曹丕的《燕歌行》可以说是最早的完整的文人七言诗，在五言诗向七言诗的过渡发展中有着极其重要的地位。《燕歌行》以游子思妇为题材，句句用韵，将闺中女子的秋思怀远写得缠绵悱恻，哀婉动人。

曹植和曹丕是同胞兄弟，关于他们的纷争纠葛已不必多言。总之，获胜的一方成为帝王，失败的那个余生苦闷彷徨。只是

想不到披荆斩棘杀开血路紧握皇权有着雷霆手段的人，笔下娟娟流露女子的卑微深情；谱出慷慨激昂勇猛乐章者，却困顿于人生桎梏，进退维谷。

可见文学世界里的主人公和现实世界的作者，往往处在不同的两极。

高高在上的王位和美丽心爱的女子，对哪个男人没有诱惑力？关于曹植和甄宓的爱情，后世牵强附会居多。但皇权之争，则是实实在在横亘于曹氏兄弟乃至叔侄间的一道屏障。

多方观察比较，曹操最终选了曹丕做接班人。曹丕父子继位，对昔日强有力的竞争者依旧耿耿于怀，防范打压不断。撇开尚有争议的《七步诗》，曹植那一首有名的《野田黄雀行》就是很好的佐证："高树多悲风，海水扬其波。利剑不在掌，结友何须多？"身边好友纷纷遭到迫害，遑论他本人呢？

曹植虽如《白马篇》中所写的边塞游侠时有捐躯赴难、为国效力之志，但在曹丕父子统治期间却无用武之地，于四十一岁抑郁而死，死后谥为"思"。思者，有追悔反省意。

曹植对五言诗的发展有杰出贡献，《诗品》评其"骨气奇高，词采华茂，情兼雅怨，体被文质，粲溢今古，卓尔不群"。谢灵运更说："天下才共一石，曹子建独占八斗。"

我一直觉得李白的诗是受了曹植的影响，比如他的《侠客行》，就有《白马篇》的神韵，一样的饮酒放任，率性而行。可惜，才气逼人的人有时候只能被人逼得生气，生前潦倒失意，身后光芒流长。

本是同根生

其实曹丕在文学上也很有才华，所谓"三曹七子"，当然不是白叫的。

　　"漫漫秋夜长，烈烈北风凉。展转不能寐，披衣起彷徨。彷徨忽已久，白露沾我裳。俯视清水波，仰看明月光。"这样的诗歌，一点不比曹植的差。曹丕还有非常著名的《典论·论文》，开创了中国文学批评的先河。其中，"文人相轻，自古而然""各以所长，相轻所短"，真是一语中的的精妙之语。

　　但钟嵘《诗品》评曹丕之诗"率皆鄙直如偶语"，将其置于"中品"。后人也多认为其在文学上"去植千里"，大都是同情弱者的缘故吧。

　　七步诗云："煮豆持作羹，漉菽以为汁。萁在釜下燃，豆在釜中泣。本是同根生，相煎何太急？"

　　文字这东西，可不比钢刀差。

　　"任性而行，不自雕励，饮酒不节"的曹植，离开权力中心，更还原了诗人本色。"御之以术，矫情自饰"的曹丕，其文人才气却被帝位的金光所掩。或许对于最高权力的争夺，注定是你死我活的残酷，本是同根生的兄弟，也难免互相煎熬。但文学在那个时代终究大放光芒，建安风骨是诗歌的进步，个性的辉煌，乱世中精神的寄托和心灵的安抚。

　　曹丕说："盖文章，经国之大业，不朽之盛事。年寿有时而尽，荣乐止乎其身，二者必至之常期，未若文章之无穷。是以古之作者，寄身于翰墨，见意于篇籍，不假良史之辞，不托飞驰之势，而声名自传于后。"（《典论·论文》）

曹植说："辞赋小道，固未足以揄扬大义，彰示来世也。昔扬子云先朝执戟之臣耳，犹称壮夫不为也。吾虽德薄，位为藩侯，犹庶几戮力上国，流惠下民，建永世之业，流金石之功，岂徒以翰墨为勋绩，辞赋为君子哉！"（《与杨德祖书》）

同室操戈，胜败已分。终其一生，所得到的和所希望的，竟然是这样的偏差。

真个是世事孰料，天意难凭。

本是同根生

两首南北朝民歌

木兰诗

唧唧复唧唧，木兰当户织。

不闻机杼声，唯闻女叹息。

问女何所思，问女何所忆。

女亦无所思，女亦无所忆。

昨夜见军帖，可汗大点兵，

军书十二卷，卷卷有爷名。

阿爷无大儿，木兰无长兄，

愿为市鞍马，从此替爷征。

东市买骏马，西市买鞍鞯，

南市买辔头，北市买长鞭。

旦辞爷娘去，暮宿黄河边，

不闻爷娘唤女声，但闻黄河流水鸣溅溅。

旦辞黄河去，暮至黑山头，

不闻爷娘唤女声，但闻燕山胡骑鸣啾啾。

万里赴戎机，关山度若飞。

朔气传金柝，寒光照铁衣。

将军百战死，壮士十年归。

归来见天子，天子坐明堂。

策勋十二转，赏赐百千强。

可汗问所欲，木兰不用尚书郎，

愿驰千里足，送儿还故乡。

爷娘闻女来，出郭相扶将；

阿姊闻妹来，当户理红妆；

小弟闻姊来，磨刀霍霍向猪羊，

开我东阁门，坐我西阁床。

脱我战时袍，著我旧时裳。

当窗理云鬓，对镜贴花黄。

出门看火伴，火伴皆惊忙。

同行十二年，不知木兰是女郎。

雄兔脚扑朔，雌兔眼迷离；

双兔傍地走，安能辨我是雄雌？

——北朝民歌

西洲曲

忆梅下西洲，折梅寄江北。

单衫杏子红，双鬓鸦雏色。

两首南北朝民歌

西洲在何处？两桨桥头渡。

日暮伯劳飞，风吹乌臼树。

树下即门前，门中露翠钿。

开门郎不至，出门采红莲。

采莲南塘秋，莲花过人头。

低头弄莲子，莲子清如水。

置莲怀袖中，莲心彻底红。

忆郎郎不至，仰首望飞鸿。

鸿飞满西洲，望郎上青楼。

楼高望不见，尽日栏杆头。

栏杆十二曲，垂手明如玉。

卷帘天自高，海水摇空绿。

海水梦悠悠，君愁我亦愁。

南风知我意，吹梦到西洲。

——南朝民歌

　　《诗经》是我国诗歌创作的源头，"国风"是其最重要也最有价值的组成部分。所谓"风"，就是各地的地方音乐，主要是民歌，反映人民生活，具有现实主义精神。《诗经》也因此成为我国现实主义文学的开端。继承并发扬这一传统的是乐府民歌，其中让我印象深刻的除了汉乐府的《孔雀东南飞》，还有南北朝的《木兰诗》和《西洲曲》。

　　《木兰诗》是北朝民歌，与《孔雀东南飞》并称"乐府双璧"。它也是长篇叙事诗，叙述了花木兰女扮男装替父从军家喻户晓的故事。民歌的特点是通俗易懂，这样的诗在理解上基本没有问题，然而以诗歌的形式讲述一个有人物、有情节、有思想且具体生动的故事，则是叙事诗的魅力。

初见《木兰诗》是小学一年级，在一本供初中生用的古诗词选释书里。我那时虽背会了不少古代诗歌，却无非是短小的绝句，见此洋洋大篇，不觉有点两眼发直。但那一年我背下了《木兰诗》，只因父亲斩钉截铁地说我背不了这样的诗。可见我从小便有颗好胜的心，虽然这有利亦有弊。

其实万事开头难，宏大的目标总可分割成无数个小目标去实现。只数十行文字里愣没几个认识的，也叫人头疼到不行。

我于是拿了支红色的细水笔，将那些不认识的字抄在纸上，抄完后发现这几乎和抄全诗没啥两样。我开始一个字一个字地翻字典，在生字上标注拼音。彼时家里有两本祖父留下的新华字典，一本繁体字，一本四角号码，哪一本查起来都有点要人命。这还仅仅是背诵的第一步，工程已浩大到要让人吐血。我看着雪白的纸上那一大片密密麻麻的红字，心想这还真是一份"血书"。

我就在这血吐着吐着便习惯的过程中背下了《木兰诗》，博取了大人们惊讶与赞赏的同时，也对中国古代诗歌有了进一步的喜爱。虽然我因此一直质疑古人的智商——"同行十二年，不知木兰是女郎"，但诗歌所表现的北方女子豪爽彪悍的气质亦令人印象深刻。记得还有一首《李波小妹歌》："李波小妹

两首南北朝民歌

字雍容，褰裳逐马如卷蓬，左射右射必叠双，妇女尚如此，男子安可逢？"

我想，后世戏剧作品里那些个女扮男装，大都由此而来吧。

《西洲曲》是南朝乐府民歌中最长的抒情诗，沈德潜评其"续续相生，连跗接萼，摇曳无穷，情味愈出"，代表南朝乐府的最高成就。同样是民歌，比之北方的则更具浪漫主义色彩。

遇见《西洲曲》是我读初中的时候，更早可以追溯至小学高年级。

那时去外婆家过暑假，我经常和表妹到附近外语学院印刷厂的废纸堆里扒一些被丢弃的印刷品。如今想来，这举动和拾破烂的没啥两样，可在物质尚不丰富的年代，那些花花绿绿的纸片对我们还是有点吸引力。况且悠长假期着实无聊，总要干些更无聊的事情才能彰显其活力。废纸堆里有一卷卷印坏的标签，捡回去当粘纸，想贴哪里贴哪里。

扒来扒去，扒到一本书。淡绿色花纹的封面上印着"高等学校教材古代诗文选"的字样，书背处破破烂烂露出了装订线，一角似还有被火烧过的痕迹。翻翻内容，里面有不少诗歌，我如获至宝般捧了回去。

等自己读了大学，我望着书橱里那本被我"捡"来的高等学校教材，想这一定是哪个学生考试之后抑或毕业之前的杰作。要是彼时中文系有"高等数学"的公共课，估计那教材最后也会被我这样处理。不过若是有热爱数学的小孩捡了去，亦不失为一件好事。

书里纸张尚全，只是少了曹植的《白马篇》。那被裁去的半页，大概是它的主人在考试时拿去派了用场。书刚捡回来时我并不怎么看，读了中学常拿来翻阅。大学生的教材果然不一般，里面的诗文大多深奥。我轻手轻脚、小心翼翼，很担心它有随时散架的可能。翻来翻去，翻到了《西洲曲》。诗有些长，词句优美，一气读完，韵味悠然。

"忆梅下西洲，折梅寄江北"，诗歌开头便很给人想象的空间。从"忆郎郎不至，仰首望飞鸿"起，更是渐渐进入抒情的高潮。而最后"卷帘天自高，海水摇空绿。海水梦悠悠，君愁我亦愁。南风知我意，吹梦到西洲"句，又在开阔邈远的意境中直抒胸臆，余韵徐歇，绕梁不绝。

关于这首诗，有人认为是若干短章的拼合，因其幽晦难解，被称为南朝文学研究的"哥德巴赫猜想"。所涉问题如：西洲在何处，情郎在何处，女子在何处，全诗是以男子口吻写，还是女子口吻写，还是男女交错口吻写。有人举"几回明月夜，飞梦到郎边""我寄愁心与明月，随君直到夜郎西"等诗句例证，分析"南风知我意，吹梦到西洲"，说西洲是情郎所居之地。因前有"折梅寄江北"，故西洲便在江北，且离女子所居遥远，不然为何要"吹梦"？

可干吗一定要女子去到情郎梦中，就不能让情郎来入女子梦中？男女间的距离，更多的不是地理上的概念，就算情郎住隔壁，亦有"咫尺天涯"的境遇。

两首南北朝民歌

有时候我看那些将诗歌分析得支离破碎且自以为很有道理的鉴赏文章，便觉无语。虽说诗无达诂，可"诂"成这样，也真是让人没有想法。诗歌重情感表达和意境的营造，你不是诗人肚子里的蛔虫，不见得十分清楚其写作背景，倘若诗人又不愿剧透、刻意隐晦，那读者便只能水中望月、雾里看花了。

诗歌鉴赏大可不必穷究细节，《西洲曲》说白了，就是一首"相思曲"。

西洲是女子和情郎曾经欢会、有着美好记忆的地方，在哪里并不重要。女子折梅寄北，希望能在西洲与情郎重逢。可是在那里，她从早春等到深秋，情郎一直都没出现。

"卷帘天自高，海水摇空绿。海水梦悠悠，君愁我亦愁。南风知我意，吹梦到西洲"是全诗最经典的句子，我对其深有感触的时候，是一个夏日的傍晚。

那时候，我坐在自家的阳台上，望着竹帘高卷外的淡远天空，心中思量着一段朦胧的情意。

相思这东西，美则美矣，却真真是一种毒药。

不知道等在西洲的女子，最后是否会领悟：倘若不能相濡以沫，相忘于江湖，应是最好的结局。

年年岁岁花相似

代悲白头翁

洛阳城东桃李花，飞来飞去落谁家？
洛阳女儿惜颜色，坐见落花长叹息。
今年花落颜色改，明年花开复谁在？
已见松柏摧为薪，更闻桑田变成海。
古人无复洛城东，今人还对落花风。
年年岁岁花相似，岁岁年年人不同。
寄言全盛红颜子，应怜半死白头翁。
此翁白头真可怜，伊昔红颜美少年。
公子王孙芳树下，清歌妙舞落花前。
光禄池台文锦绣，将军楼阁画神仙。
一朝卧病无相识，三春行乐在谁边？
宛转蛾眉能几时？须臾鹤发乱如丝。
但看古来歌舞地，惟有黄昏鸟雀悲。

——刘希夷

最早读到刘希夷的《代悲白头翁》，是在上海古籍出版社出版的施蛰存的《唐诗百话》里。记不清哪一年于哪家书店买下了它，从封底只 5.5 元的定价看年代亦算久远。好像是刚读中学的时候，跟着父母去喝喜酒，因为时间尚早，就和父亲到饭店对面的书店闲逛，然后就捧了那本厚如砖头的书回来。

不知自己为何在一众书里选了它，看不懂的内容比看得懂的多，抱着回去的时候，心里却很高兴。

之后，它虽常被束之高阁，也偶尔让我拿来翻阅，断断续续读了几十年，仿佛至今仍未读完。

刘希夷的《代悲白头翁》是一见就喜欢的。最喜欢的自然是"年年岁岁花相似，岁岁年年人不同"，诗句直白，含意隽永。诗人在平实质朴、简洁易懂的语言和经年流光的花人对比中，寄托了青春易逝、物是人非的亘古惆怅。

张若虚因一首《春江花月夜》"孤篇压全唐"，刘希夷只凭这一句千载留名，性价比亦高得离谱。

但世传他为这一句诗付出了生命的代价。

虽不能确定真假，只无风不起浪，因为这实在是一句人见人爱、花见花开的好诗。觊觎者唐代著名诗人宋之问，有名句"近乡情更怯，不敢问来人"。传闻有多种版本，但实有可疑之处，只知，那一年，刘希夷不满三十岁。

唐人的七言歌行，我还喜欢王维的《洛阳女儿行》。

最早读到这首诗在一本武侠小说里。书名、情节、作者早已遗忘殆尽，唯一记得书里有个文弱公子，整天在书房中吟诵他的"洛阳女儿对门居，才可颜容十五余。良人玉勒乘骢马，侍女金盘脍鲤鱼"。

彼时我还不知"良人"是什么意思，也记不清那少年公子是否是小说的主角、后来成了武功了得的大侠，只牢牢记住了那几句诗。再后来我在《唐诗三百首》里读到全诗，知道了诗名和作者。

"狂夫富贵在青春，意气骄奢剧季伦。自怜碧玉亲教舞，不惜珊瑚持与人。""戏罢曾无理曲时，妆成祗是熏香坐。城中相识尽繁华，日夜经过赵李家。"王维在诗中将富贵骄奢的洛阳女儿与贫贱江头的浣纱越女进行对比，对寒门贤士遭受冷落、豪门贵族庸碌无能却高官得意的社会现象表示不满。揭示主题的自然是结尾的名句"谁怜越女颜如玉，贫贱江头自浣纱"，但我最爱的仍是开头那几句。

有时候，我们喜欢留恋的东西，大概只缘于它最初的模样。

年味愈淡，闲居无事。春雨淅沥中，我又找出那本封面已残破凋零的《唐诗三百首》，翻到王维的《洛阳女儿行》。一般而言，我读诗不大看注释，尤其是罗列了一长串的（主要是懒）。这一次，目光却停留在一个注释上："脍，细切的鱼肉。这里名词动用。辛延年《羽林郎歌》'就我求珍肴，金盘脍鲤鱼'，王维这里正是用辛的成句。"

我忽然心中感叹，真是灯下黑，难怪总觉这一句眼熟。

年年岁岁花相似

　　辛延年的《羽林郎》，曾附录于初中语文课本最后的"古代诗歌"部分。那时晨修诵读诗歌，《羽林郎》和"江南可采莲，莲叶何田田"是我印象深刻的诗。

　　"胡姬年十五，春日独当垆。长裾连理带，广袖合欢襦。头上蓝田玉，耳后大秦珠。两鬟何窈窕，一世良所无。"特别喜欢诗中描写胡姬装束的句子，年轻貌美的少女，顾盼生姿，春日当垆，该是一道多么亮丽的风景。

　　美酒美人，是难免引得人心猿意马、想入非非的。后来读韦庄的"垆边人似月，皓腕凝霜雪"，觉得这几乎是男人的通病。想来也正常，饮食男女，爱美之心人皆有之。但人家姑娘不喜欢你就没办法，更何况姑娘还是有老公的。于是，便有那铿锵决绝的表白："就我求清酒，丝绳提玉壶。就我求珍肴，金盘脍鲤鱼。贻我青铜镜，结我红罗裾。不惜红罗裂，何论轻贱躯。"

　　自然那时我主要着意在胡姬的长裾广袖、蓝田玉和大秦珠上，觉得自己要是这般装束，肯定也很美。

　　很美的还有校园的风物，我最喜欢食堂边上的两株樱花树和校门口的那棵广玉兰。

　　我们那时的午餐多是从家里带了饭菜拿去学校代蒸，每天到校的第一件事就是去食堂放饭盒。那两株有着虬曲枝条、旁逸斜出的樱花树，是必经路上的景物。一到春天，原本光秃秃的树枝绿意萌生，不久便满眼红粉，灼灼其华。有时从树下经过，恰遇春风吹来，飞花轻扬，笼罩其中，不免生出些豆蔻绮想。

也有同学自己带了米来蒸。于是，清早食堂门口的一排水龙头前总是热闹匆忙。流水声、淘米声、间或夹杂着讨论作业和昨晚电视节目的声音，光阴就在这一片人声喧嚷和临风花树的寂寂中静静流去。

校门口那棵高大的广玉兰开花的时候，暑假就在眼前了。

广玉兰的树叶阔大厚实，绿油油地泛着光亮。多数时候，它就这样寂寞单调地绿着。所以，在习以为常的绿意盎然里猛然看见几簇雪白，真是叫人惊喜。一棵树上开的花并不多，但高高低低错落有致。洁白饱满的花朵里有嫩黄细密的花蕊，芬芳浓郁，引得蜂蝶时来。总有一朵硕大若荷的花开在最低处，让人忍不住想去触摸那如瓷似玉的花瓣，以为触手可及，每每差之毫厘，可近观而不可亵玩焉。

那样的季节，空气里有着草木的清新和花朵的香气。我扎着马尾辫，穿着喜欢的漂亮衣裙，在校园中脚步轻快。有时是洋红底色印着玉兰花的横贡缎高腰长裙配白衬衫，有时是棉质素底红绿小碎花的无袖连衣裙，长长的飘带在腰间系成好看的蝴蝶结，如同夏日阳光下美丽的广玉兰。

就这样四季轮回，倏忽六载，直到我离开校园的那个初夏。

我亭亭玉立走出校门的时候，那一棵广玉兰亦是亭亭玉立，沐浴着阳光。风过摇曳处，与我两两相顾。

当然，从树前经过而一样风华正茂的人何止于我呢？年年岁岁花相似，岁岁年年人不同。

年年岁岁花相似

工作的第一年，中学原地重建，大兴土木。一切摧枯拉朽，焕然一新。几年里，那些教过我们的老师亦病退辞调，离去殆尽。

抚今追昔，我们常有物是人非的感伤。而更多时候，则又恐是人物皆非的茫然。

这就是我高中毕业至今只回过一次中学校园的原因。

李杜诗篇万古传

将进酒

君不见黄河之水天上来，奔流到海不复回。

君不见高堂明镜悲白发，朝如青丝暮成雪。

人生得意须尽欢，莫使金樽空对月。

天生我材必有用，千金散尽还复来。

烹羊宰牛且为乐，会须一饮三百杯。

岑夫子，丹丘生，将进酒，杯莫停。

与君歌一曲，请君为我倾耳听。

钟鼓馔玉不足贵，但愿长醉不愿醒。

古来圣贤皆寂寞，惟有饮者留其名。

陈王昔时宴平乐，斗酒十千恣欢谑。

主人何为言少钱，径须沽取对君酌。

五花马，千金裘，呼儿将出换美酒，

与尔同销万古愁。

——李白

赠卫八处士

人生不相见，动如参与商。

今夕复何夕，共此灯烛光。

少壮能几时，鬓发各已苍。

访旧半为鬼，惊呼热中肠。

焉知二十载，重上君子堂。

昔别君未婚，儿女忽成行。

怡然敬父执，问我来何方。

问答未及已，驱儿罗酒浆。

夜雨剪春韭，新炊间黄粱。

主称会面难，一举累十觞。

十觞亦不醉，感子故意长。

明日隔山岳，世事两茫茫。

——杜甫

唐诗，是中国古代诗歌的巅峰。李白和杜甫，是站在这一巅峰上的杰出人物。

我一直犹豫要不要写李白和杜甫，一是他们太有名；二是发现自己既不是李粉也不是杜粉，写出来的文字只怕有些造次。

但这绕不过去的丰碑，终究是要人仰起头来好好瞻仰的。

李白，陇西成纪人，生于碎叶，长于巴蜀，自陈西凉武昭王李暠九世孙，出蜀前曾在匡山勤读三年，并遍游巴蜀各地。

李白那时期的诗里，我特别喜欢他的一首《峨眉山月歌》："峨眉山月半轮秋，影入平羌江水流。夜发清溪向三峡，思君不见下渝州。"清新自然，意远情真，连用五个地名，一气呵成。

二十多岁的李白，意气风发，仗剑出蜀，辞亲远游。至湖北荆门山，留下一首著名的五律《渡荆门送别》："渡远荆门外，来从楚国游。山随平野尽，江入大荒流。月下飞天镜，云生结海楼。仍怜故乡水，万里送行舟。"

这也是我非常喜欢的一首诗，尤其是颔联，总让我不自觉地去比较杜甫的"星垂平野阔，月涌大江流"。杜诗格律严于李诗，但李诗的奇伟瑰丽、想象夸张实胜出一筹。高山、平野、大江、明月、云霞，阔大高远、空灵幻妙的意境中，有对故乡依依不舍的深情。

李白诗中有月有水，往往便有佳句。著名者又如《静夜思》和《赠汪伦》。

"床前明月光，疑是地上霜。举头望明月，低头思故乡。""李白乘舟将欲行，忽闻岸上踏歌声。桃花潭水深千尺，不及汪伦送我情。"言如白话，质朴易懂，却是流传千古的名篇。论说李白诗歌的语言特色，最好的注脚是他自己的诗句："清水出芙蓉，天然去雕饰。"可见一首好诗的标准，不在于难读难认的生僻字词、佶屈聱牙的句子和高深莫知的典故，而在于

李杜诗篇万古传

晓畅直白的语言文字和真切自然的思想感情。

"风吹柳花满店香，吴姬压酒劝客尝。金陵子弟来相送，欲行不行各尽觞。请君试问东流水，别意与之谁短长？"（《金陵酒肆留别》）"俱怀逸兴壮思飞，欲上青天览明月。抽刀断水水更流，举杯消愁愁更愁。人生在世不称意，明朝散发弄扁舟。"（《宣州谢朓楼饯别校书叔云》）李白的诗里，若再加些美酒，飘逸之气就勃然而发。

有时，他的诗气象万千，意境阔大，如雄奇图画："明月出天山，苍茫云海间。长风几万里，吹度玉门关。"喜欢极了《关山月》的前四句，这样的诗，也许只在仙风道骨的李太白笔下。

李白因诗名奉诏入长安，贺知章一见呼为"谪仙人"，金龟换酒，与他豪饮买醉。

便是唐玄宗也慕其才华，下辇步迎，赐坐七宝床，亲为调羹。

李白供奉翰林，以为能在政治上大展抱负，不料他引以为傲的才华，只是帝王家聊以娱乐之物。

"一枝秾艳露凝香，云雨巫山枉断肠。"《清平调》三首，为博妃子笑，浮靡香艳，终究失了诗仙笔力。

相看两不厌，只有敬亭山。而相看两厌的是孤傲的李白和长安城里的帝王权贵。

唐玄宗说李白"此人固穷相"，李白亦是"天子呼来不上船，自称臣是酒中仙"。不管是否真有力士脱靴、贵妃捧砚，李白确实是不擅宫廷官场政治之道的。于是他一请辞，皇帝便赐金放还。

诗仙的天地本在长安之外，但心里也并非不存芥蒂。所幸有酒可浇胸中块垒，狂饮之下，浪漫诗情又蓬勃起来。虽然青春易逝，人世无常，却总要活出自己快活潇洒的模样。还是那个傲岸自信的李白，还有那番随性不羁的情怀。如此，千金散尽，行乐及时，不负年华也罢。于是，我们便看到了《将进酒》中呼朋唤友、洋洋洒洒、轰然而出的豪迈和超脱。

"君不见黄河之水天上来，奔流到海不复回。君不见高堂明镜悲白发，朝如青丝暮成雪。"黄河入海，青丝成雪，时间如流水，一去永不回。但即使人生短暂，也要极尽欢愉。有明月当头，就莫使酒杯空虚。钱财来去是身外物，而这天生的才华总该有用武之地。所以，岑夫子啊丹丘生，喝吧喝吧，杯莫停。

李白的三百杯里，有无奈，有自信，有欢乐，有潇洒，有友谊，有豪情如许，照进天地往来，融入古今时空。这就是不同寻常的李白，天生我材必有用，千金散尽还复来。宝马轻裘，且拿去换酒。

逢三两知己，遇好友共饮，当真是人间快事。但即便一个人，李白也能喝出自己的热闹来："花间一壶酒，独酌无相亲。举杯邀明月，对影成三人。"（《月下独酌》）

难怪杜甫说李白"斗酒诗百篇"。李白的蓬勃才情中，怎能少得了酒这个催化剂呢。如果没有酒，我想李白的诗情真的

李杜诗篇万古传

会减半。

李白的诗想象夸张、瑰丽奇伟、天马行空，杜甫的诗凝练精致、贴近现实、沉郁顿挫。可他们对酒的态度，则惊人相似。

李白说："且乐生前一杯酒，何须身后千载名。"杜甫道："莫思身后无穷事，且尽生前有限杯。"

杜甫也爱喝酒，且酒量不差。看他在《赠卫八处士》中写"主称会面难，一举累十觞。十觞亦不醉，感子故意长"就知道一二。

杜甫的酒中也有珍贵的友情，也有时光易逝和世事无常。"人生不相见，动如参与商。今夕复何夕，共此灯烛光。"二十年后的重聚，令人惊喜。面对同是鬓发苍苍、儿女成行的旧友，千言万语，便只能在杯酒之中了。

特别喜欢杜甫的这首诗，直白明了，情意深重。抚今追昔，时光倏忽，人世况味就在这累觞的痛饮中深刻清晰。

或许没有李白的豪气和洒脱，却有现世的脉脉温情，即使生活沉重而茫然。

诗和酒，取其一便成同好，更何况兼而有之。

天宝三载，杜甫和李白在洛阳相遇。那一年杜甫三十二岁，尚默默无闻，李白四十三岁，已名满天下。二人游梁宋，"醉眠秋共被，携手日同行"，杜甫视李白为偶像。无论是十年困顿长安，还是安史之乱中的颠沛流离，杜甫始终珍惜与李白的情谊，并将此诉诸诗歌。

《赠李白》《梦李白》《春日忆李白》《冬日有怀李白》

《天末怀李白》……二十多首诗歌里有一年四季的时时牵挂，情真意切中名句迭出。

其实杜甫堪称李白的知己，他用自己的诗歌描绘一个他理解欣赏的李白："白也诗无敌，飘然思不群。""昔年有狂客，号尔谪仙人。笔落惊风雨，诗成泣鬼神。"便是李白因永王李璘事牵连定罪，他也道："不见李生久，佯狂真可哀。世人皆欲杀，吾意独怜才。""冠盖满京华，斯人独憔悴。"

杜甫怜惜李白，而自己的一生亦在漂泊流离中度过。

天宝长安赴试，李林甫以"野无遗贤"上奏玄宗，杜甫落第，困居长安。很多年后朝廷授予他一个河西尉的小官，然而他终不愿在这谄媚迎上、卑躬屈膝中磨折了自己，辞而不就赋诗云："不作河西尉，凄凉为折腰。"

安史之乱，玄宗奔蜀，肃宗在灵武登基。杜甫在鄜州安顿好妻儿，立即北上。彼时他不过是一个从八品下的兵曹参军，却心心念念要追随朝廷，不幸途中被叛军所俘，押解回长安。

乱世中，对妻儿和家国的眷念深情，凝结成诗句流露笔端："今夜鄜州月，闺中只独看。遥怜小儿女，未解忆长安。"（《月夜》）"国破山河在，城春草木深。感时花溅泪，恨别鸟惊心。"（《春望》）

终于逃出长安，杜甫至凤翔见肃宗，官拜左拾遗。又因房琯罢相，上疏直言遭贬。西南漂泊数载，每每要靠朋友接济，才得以安生。

相比李白"安能摧眉折腰事权贵，使我不得开心颜"的豪

李杜诗篇万古传

迈潇洒，杜甫更多的是面对现实的捉襟见肘。但他仍怀兼爱之心，即使自家茅屋被秋风所破，发出的也是"安得广厦千万间，大庇天下寒士俱欢颜"的呼喊。

一生困顿，漂泊流寓，幸有诗歌作伴。而杜甫在诗歌创作上的努力严谨，又历来为人称道。"他乡悦迟暮，不敢废诗篇""为人性僻耽佳句，语不惊人死不休""晚节渐于诗律细"等等，于他的诗句中可见一斑。

他用诗歌书写自己和众生的悲欢，书写那一段盛世之后的离乱。《自京赴奉先县咏怀五百字》《三吏》《三别》《羌村》《北征》《述怀》……于沉郁顿挫中叩问人世间的艰难残酷。

于是，诗作史，人成圣。

五十九岁那年，杜甫贫病逝于江舟。"文章憎命达"，诚如他怀念李白所写的诗句。

可即便穷困潦倒、孤苦无依、在浩浩宇宙中身如微尘，那些遗留的诗篇，却是漫漫长夜里的一抹华彩，于寂静黑暗中闪耀璀璨绚烂的光芒，照亮不甘命运的灵魂。

万人吟咏，世代相传。生命就在这时空的维度里，无尽延展。

纵死侠骨香

侠客行

赵客缦胡缨，吴钩霜雪明。

银鞍照白马，飒沓如流星。

十步杀一人，千里不留行。

事了拂衣去，深藏身与名。

闲过信陵饮，脱剑膝前横。

将炙啖朱亥，持觞劝侯嬴。

三杯吐然诺，五岳倒为轻。

眼花耳热后，意气素霓生。

救赵挥金槌，邯郸先震惊。

千秋二壮士，烜赫大梁城。

纵死侠骨香，不惭世上英。

谁能书阁下，白首太玄经。

——李白

记得以前高中语文课本里有一篇文言文《信陵君窃符救赵》。课文挺长，老师讲解了很久，印象也就颇为深刻。时至今日，除了战国四公子之一的信陵君魏无忌，我还记得侯嬴、朱亥、如姬、魏王和晋鄙。

可惜，这文章在现下的语文课本里不见踪影。

后来读李白的《侠客行》，发现他正借用了这个故事。李白的这首诗，我最喜欢的是"纵死侠骨香，不惭世上英"。记得当年以此为题写了篇练笔，被语文老师在课堂上表扬。

我还记得老师布置的那道关于侯嬴为何要"北乡自刭"的预习题，后来大家在课上十分热烈地讨论。关于侯嬴自刭，依稀有这样几个原因：报答信陵君知遇之恩，年老体弱不愿拖累公子，激励公子，矫杀晋鄙愧对魏国，怕魏王追查问罪，等等。但生命于人是如此宝贵，蝼蚁尚且贪生，侯生分明可以不死，为什么就这么决绝地自杀了？

仔细想想，也许李白的《侠客行》为侯生之死做了最好的诠释。金庸说"侠之大者，为国为民"，这一个"侠"字，应该能道尽侯生欲挽狂澜解救苍生的决心——危难之际，舍生取义，义无反顾。

"天地有正气，杂然赋流形。下则为河岳，上则为日星。于人曰浩然，沛乎塞苍冥。皇路当清夷，含和吐明庭。时穷节乃见，一一垂丹青。"文天祥的《正气歌》有这样的句子。身为南宋宰相的他被元军俘虏，三年牢狱坚贞不屈，所求唯有一死。临死南向跪拜，从容就义，绝笔有言："孔曰成仁，孟曰取义。惟其义尽，所以仁至。读圣贤书，所学何事？而今而后，庶几无愧。"

文天祥也可以不死。非但不死，只要他点一下头，便立时能成为新王朝的宰辅。新王朝的统治者想不明白，哪里当官不一样，我也给你做宰相啊，干吗非要"臣心一片磁针石，不指南方不肯休"，软硬不吃玩掉自己的命？

文天祥偏偏要用自己的生命去诠释生命的价值与意义，用自己的生命彰显一个浩气长存的道理。

这种气，看不见摸不着，不到关键时刻不能体现。当考验真正来临，拥有这浩然正气，表现出高尚节操的人，就是我们所谓的英雄。

这样的英雄，复有明臣杨继盛。他以一己之力弹劾严嵩一党，明知不可为而为之，用自己的热血和生命换来正义信仰的回归。"浩气还太虚，丹心照千古。生平未报国，留作忠魂补。"他的绝笔诗，令人肃然起敬。还有忠毅刚正和宦官奸佞作斗争的左光斗，还有在左光斗言传身教下的史可法。他们是朝廷重臣、国之栋梁，当家国危难之际，不顾生死，挺身而出。

这样的人，也可以只是个普通百姓。没有万众期许，没有达官王侯的知遇，但凭一腔热血，激昂大义，蹈死不顾。他们是张溥《五人墓碑记》里的五位平民百姓，是明代靖难之役中一个普通的砍柴者，是崖山海战以身殉国的数十万军民。

你以为在江南烟雨中滋润、绵软吴音里长大的苏州人懦弱不争。你或许想不到，为了一个忠介之士的被捕，苏州全城百

纵死侠骨香

姓自发而起的义愤，令当权者闻风丧胆。为了保护更多人的生命，有五个默默无闻的市民挺身而出，揽下号称"苏州暴动"的全部罪责，将牺牲降到了最低。

不过是一场叔侄间的帝位之争，对于百姓而言，谁做皇帝日子不照样是日子。偏偏有一个只靠打柴为生、连姓名也不闻世的山野村夫，坚持自己的是非观念和道德操守，跳水自尽，以殉前朝。

宋元更替，宰相陆秀夫背着小皇帝跳海，数十万人用同样的方式结束了自己的生命。

他们印证着《五人墓碑记》里"死生之大，匹夫之有重于社稷"的道理。

我们无法用生命的可贵探讨这种行为的价值，因为我们不能用物质世界的标准去衡量精神层面的东西，而精神的力量和意义往往超出我们的想象。

还有这样一个不知道名姓的女子，在国破家亡受俘敌酋之际，用自己的生命书写了人生最灿烂芬芳的篇章。

这首词叫作《满庭芳》，作者，徐君宝妻。

词曰："汉上繁华，江南人物，尚遗宣政风流。绿窗朱户，十里烂银钩。一旦刀兵齐举，旌旗拥、百万貔貅。长驱入，歌楼舞榭，风卷落花愁。　　清平三百载，典章文物，扫地俱休。幸此身未北，犹客南州。破鉴徐郎何在？空惆怅、相见无由。从今后，断魂千里，夜夜岳阳楼。"

她严妆焚香，默祝祭拜，题词于壁，投水而亡。词中表达了对丈夫和家国的无限情意，以及决不屈服于强敌的凛然正气。

时穷节乃见，一一垂丹青。纵死侠骨香，不惭世上英。

华夏文明的传承需要可贵精神的支撑，曾有那么多绚丽的诗篇，是用热血凝成！

纵
死
侠
骨
香

绝域苍茫更何有

燕歌行

汉家烟尘在东北，汉将辞家破残贼。

男儿本自重横行，天子非常赐颜色。

摐金伐鼓下榆关，旌旆逶迤碣石间。

校尉羽书飞瀚海，单于猎火照狼山。

山川萧条极边土，胡骑凭陵杂风雨。

战士军前半死生，美人帐下犹歌舞。

大漠穷秋塞草腓，孤城落日斗兵稀。

身当恩遇常轻敌，力尽关山未解围。

铁衣远戍辛勤久，玉箸应啼别离后。

少妇城南欲断肠，征人蓟北空回首。

边庭飘摇那可度，绝域苍茫无所有。

杀气三时作阵云，寒声一夜传刁斗。

相看白刃血纷纷，死节从来岂顾勋！

君不见沙场征战苦，至今犹忆李将军。

——高适

要说我最怀念的岁月，应该是我读初中的时候。

我喜欢中学的校园，喜欢一年四季风景各异的操场、黑色的煤渣跑道、食堂门前的樱花树、工字形的教学楼和整洁明亮的教室。虽然坐在教室里，冬天基本靠抖，夏天大多靠风，天热没风的时候，就只一前一后两个转起来吱呀作响的吊扇，制造些其下数平方米内才有的福利。

几节照本宣科的副课，遇上一个闷热难耐的下午，坐在教室后排不靠窗的角落，最是叫人瞌睡。即便打开门，把课桌椅挪一点到走廊上，依然热得人晕头转向。为了不让自己睡倒，我于是就练字。

字帖是进中学时语文老师让买的《钢笔书法》，为了买它，我巴巴地跑去市中心的新华书店。但其实我并不爱练字，所以练来练去，总在正楷的第一篇——顾家麟书高适《燕歌行》："汉家烟尘在东北，汉将辞家破残贼。男儿本自重横行，天子非常赐颜色……"熟得可以倒背如流。

那时不知《燕歌行》和高适，抄着抄着莫名喜欢起来，也终于知道梁羽生《萍踪侠影录》中张丹枫在密室里的长歌当哭源出于此。

后两年读《唐诗三百首》，站在学校操场上见大风吹过沙坑，会自然脑补一句"君不见走马川，雪海边，平沙莽莽黄入天"。

再后来，知道这些都是边塞诗。

33

绝域苍茫更何有

所谓边塞诗，就是和边塞有关的诗，内容多边地风光、军中生活与戍守征战。虽历朝历代都有边塞诗的创作，但尤以唐人为盛。

描摹边塞奇景，有名的如岑参的"北风卷地白草折，胡天八月即飞雪。忽如一夜春风来，千树万树梨花开""轮台九月风夜吼，一川碎石大如斗，随风满地石乱走"，王维的"大漠孤烟直，长河落日圆"，祖咏的"万里寒光生积雪，三边曙色动危旌"……

边塞诗中有建功立业、忠君报国、舍生忘死的壮志豪情。比如，曹植《白马篇》"捐躯赴国难，视死忽如归"，鲍照《代出自蓟北门行》"投躯报明主，身死为国殇"，还有杨炯《从军行》"宁为百夫长，胜作一书生"。李贺的《雁门太守行》更是以"黑云压城城欲摧，甲光向日金鳞开"的奇幻景象、"塞上燕脂凝夜紫""半卷红旗临易水"的浓烈色彩和"报君黄金台上意，提携玉龙为君死"的壮烈情怀成就名篇。

我喜欢戚继光的《马上作》："南北驱驰报主情，江花边月笑平生。一年三百六十日，多是横戈马上行。"直白质朴，忠毅自出。

我还喜欢袁崇焕的《边中送别》："五载离家别路悠，送君寒浸宝刀头。欲知肺腑同生死，何用安危问去留？策杖只因图雪耻，横戈原不为封侯。故园亲侣如相问，愧我边尘尚未收。"

可写出这样诗歌的人，最后却因通敌叛国的罪名惨遭凌迟。文以载道诗言志，当年做了叛军伪官的王维，凭一句"万户伤心生野烟，百僚何日更朝天"得以免死，官至尚书右丞，崇祯皇帝大概是没读到袁督师的这首诗。

边塞诗中有保家卫国的豪情，亦有报国无门、壮志难酬的愤懑。唐人李山甫"谁陈帝子和番策，我是男儿为国羞"句，寥寥一语，不假雕饰，将心中的屈辱、无奈及对国家和亲妥协政策的不满直抒胸臆，极具张力。陆游的《关山月》悲愤于南宋朝廷的投降偷安，句句椎心泣血："和戎诏下十五年，将军不战空临边。朱门沉沉按歌舞，厩马肥死弓断弦。戍楼刁斗催落月，三十从军今白发。笛里谁知壮士心，沙头空照征人骨⋯⋯"

边塞诗还让我们看见统治者开疆拓土、穷兵黩武给百姓带来的深重灾难，看见战争的残酷和创伤，看见戍边者的艰辛生活，看见他们对家乡、亲人的挂念，看见征人思妇的痛苦与离愁。

"见说灵州战，沙中血未干。""凭君莫话封侯事，一将功成万骨枯。""年年战骨埋荒外，空见蒲桃入汉家。"

惨烈的战争，必是付出万千生命的代价。

王昌龄的《从军行》，最著名的是"青海长云暗雪山，孤城遥望玉门关。黄沙百战穿金甲，不破楼兰终不还"，最感伤的是"烽火城西百尺楼，黄昏独上海风秋。更吹羌笛关山月，无那金闺万里愁"。

关山金闺遥隔，烽火城楼独立。秋日黄昏，羌笛声声中，有多少牵挂与思念。

很多边塞诗，也是闺怨诗。

35

绝域苍茫更何有

"卢家少妇郁金堂，海燕双栖玳瑁梁。九月寒砧催木叶，十年征戍忆辽阳。白狼河北音书断，丹凤城南秋夜长。谁谓含愁独不见，更教明月照流黄。"沈佺期的《独不见》写出了闺中少妇对远在边域的丈夫的深情思念。

征戍十年，尚有盼归之期。而陈陶的《陇西行》（其二）则于慷慨激昂中透露出绝望的悲伤："誓扫匈奴不顾身，五千貂锦丧胡尘。可怜无定河边骨，犹是春闺梦里人。"

为了国家一役殒身曾经鲜活年轻的生命，如今成了散乱在荒凉河边的无名枯骨，依旧是春闺绮梦中的深切渴望、炽热爱情里的甜美希冀。诗中强烈的对比，令人不胜唏嘘。

没有战事的边塞壮阔宁静，苍凉单调的景物里却有深挚真切的情愫。

"走马西来欲到天，辞家见月两回圆。今夜不知何处宿，平沙万里绝人烟。"岑参的《碛中作》以眼前景物写塞外乡愁，笔法冷静，情感浓烈。

而李益的边塞诗则于情景交融、含蓄蕴藉中哀怨动人，极具感染力。

我喜欢他的《从军北征》和《夜上受降城闻笛》：

"天山雪后海风寒，横笛偏吹行路难。碛里征人三十万，一时回向月中看。"

"回乐峰前沙似雪，受降城外月如霜。不知何处吹芦管，一夜征人尽望乡。"

高山、孤城、大雪、寒风、沙漠、征人、笛声、明月之夜……

充满边塞特点的意象，无边的苍凉寂寞，无尽的乡愁离情，就在这些短小精悍的七言绝句中。

回过头来再读高适的《燕歌行》，你是否发现它的兼而有之？

诗中有边塞环境的荒凉恶劣，有激烈战争的残酷血腥，有爱国战士的英勇豪迈，有征人思妇的离愁深情，还有对军中苦乐不均的讽刺和体恤下属的良将的期盼。全诗多工整对仗，四句一韵，连贯跳脱不显呆板，浑然而生气势。这就是其成为边塞诗代表名篇的原因。

"边庭飘摇那可度，绝域苍茫无所有。"

边塞苦寒多战，戍守艰辛。绝域荒凉，除了满目苍茫，还有什么呢？

那一年和老公去甘肃，亲历河西走廊。

我们在长城第一墩看讨赖河于两侧黄土崖岸高耸的峡谷里流淌。灰白的戈壁滩被翡翠般淡绿色的冰川融水冲刷着，河流汩汩，夹杂满耳呼呼的风声，形成旷远空间的主旋律。不远处的崖壁上，静立着明长城的第一个烽燧——讨赖河墩。

我们在嘉峪关看城头落日。城墙、敌楼、马道、火炮，夕阳在关城上投射出斑驳影像。关外一望无垠的戈壁连接天际，远处祁连山的积雪泛出圣洁的光芒。白云镶了金边，慢慢变成灰黑的颜色。霞光四照，仿佛有火焰在雪峰和乌云间燃烧，漫天遍野，风卷燎原。太阳没入云层和远山的时候，城楼上一瞬

绝域苍茫更何有

暗下，时光恍惚重叠在了千年前的某个黄昏。也是这般寂寂关城、茫茫雪山、灿灿晚霞，一片苍茫辽阔的景象。

我们躺在敦煌的鸣沙山上看星空浩渺。四野无人，沙峰隐隐，黑暗中能听见风吹流沙的声音。沙凉如水，迅速带走身上的热量，我们将背包垫在身下，不忍离开。因为，从未见如此深蓝纯净的天空，从未见如此明亮闪烁的星辰，从未见如碎钻密布璀璨朦胧的银河。它们与我们是多少时空的距离，刹那，抑或永恒？那一刻的苍穹仰望，真觉天地间个人渺小若斯，荣辱得失、悲喜生死、千秋功业……都可忽略不计。

阳关的古董滩上，四望唯有苍茫戈壁。是的，又是戈壁，这似乎是绝域最主要的地貌。烈日下，残存的烽燧孤独矗立。此时我想起的不是王维的"劝君更尽一杯酒，西出阳关无故人"，也不是庾信的"阳关万里道，不见一人归"，而是陈子昂的《登幽州台歌》。这是我很小就会背的诗，一直不知道它好在哪里。短短四句，简白如话，仿佛连诗歌的韵味都没有。但那时，我知道它成为千古绝唱的原因。前不见古人，后不见来者，自己也终将成为过客。在宇宙所谓时间和空间的维度里，我们是微尘中的微尘。这瞬时的悲怀、动情的泪水，是唯有在那苍茫天地、旷远景物里才能触发的感受。

玉门关，声名远播。到了眼前，只是个残缺不全的四方城堡。其实连城堡也算不上，不过是四面黄土夯筑已风蚀残破的石墙，默默立于戈壁荒漠之上，并不见著名的长河与远山。没有太阳的时候，石墙触手冰凉，毫无热度，在那一片天地中显得孤寂无聊。

可是，当你想到那些诗句："明月出天山，苍茫云海间。长风几万里，吹度玉门关。""长安一片月，万户捣衣声。秋风吹不尽，总是玉关情。""羌笛何须怨杨柳，春风不度玉门关。""闻道玉门犹被遮，应将性命逐轻车。""青海长云暗雪山，**孤城遥望玉门关**。"想到投笔从戎、功垂西域、年近古稀的班超上书朝廷："臣不敢望到酒泉郡，但愿生入玉门关。"想到唐人戴叔伦有诗云："愿得此身长报国，何须生入玉门关。"便觉得眼前这残破、单调、粗粝的土墙，是那么美轮美奂、韵味流长。它承载日月风光、家国兴亡、生命情感，它充满勃勃生机、脉脉温情和慷慨激昂。

绝域苍茫更何有？

绝域苍茫，有日月星辰、山川湖泽、沙漠戈壁、雄关险隘，有历史人文、悲欢离合、壮志豪情、万古幽思，还有记录这一切的绚丽诗篇。

它们穿越时空，灿若星海。

因为有了诗歌，苍茫是明丽的风景，荒凉催生热血，绝域也叫人想去亲近、探寻。

绝域苍茫更何有

君歌且休听我歌

八月十五夜赠张功曹

纤云四卷天无河，清风吹空月舒波。

沙平水息声影绝，一杯相属君当歌。

君歌声酸辞且苦，不能听终泪如雨。

洞庭连天九疑高，蛟龙出没猩鼯号。

十生九死到官所，幽居默默如藏逃。

下床畏蛇食畏药，海气湿蛰熏腥臊。

昨者州前捶大鼓，嗣皇继圣登夔皋。

赦书一日行万里，罪从大辟皆除死。

迁者追回流者还，涤瑕荡垢清朝班。

州家申名使家抑，坎轲只得移荆蛮。

判司卑官不堪说，未免捶楚尘埃间。

同时辈流多上道，天路幽险难追攀。

君歌且休听我歌，我歌今与君殊科。

一年明月今宵多，人生由命非由他。

有酒不饮奈明何。

——韩愈

韩愈的这首诗，我只喜欢开头和结尾。

有人认为末句的"明"字恐是"月"字之误，个人表示赞同。诗中大段关于贬谪的诉苦，我大致是看一眼就跳脱的，诚如诗人所言"君歌声酸辞且苦"，令人"不能听终"。

我真正喜欢的，其实是梁羽生《萍踪侠影录》里张丹枫和澹台镜明在月夜下太湖畔洞庭山巅的吟唱酬答："纤云四卷天无河，清风吹空月舒波。沙平水息声影绝，一杯相属君当歌。清流足以涤尘垢，人生何必叹坎坷。金银珠宝阿堵物，会当尽付于碧波。劝君有酒当自醉，有酒不饮奈月何。""君歌且休听我歌，此峰突兀撑天河。世间亦有奇男子，顶天立地剑横磨。王侯珠宝皆粪土，但欲一画卷山河。"

当然，梁羽生借用了韩愈《八月十五夜赠张功曹》中的诗句。但张丹枫和澹台镜明的唱和，无论意趣还是境界，都比韩愈的这首诗让我喜欢。说实话，我是先看了小说，再从《唐诗三百首》里读到，委实是爱屋及乌。

《萍踪侠影录》是我小学五年级看的第一本武侠小说，张丹枫是梁羽生笔下几近完美的人物。风流倜傥、痴情专一、以百姓疾苦国家民族利益为重的名士侠客，无论在什么样的年华相遇，都让人没有抵抗力。小说中他是张士诚的后代，苏州是他的故国家园。

41

君歌且休听我歌

去过苏州很多次，喜欢那粉墙黛瓦的精致园林，枕河而居的古朴民宅和恰如莺啼的吴侬软语。苏州城里有小桥流水的怡人风景，苏州城外有太湖洞庭的缥缈云气。山塘摇橹，园林信步，街市茶楼里弦子琵琶的弹唱婉转动听。这是一座历史太过悠久、文化太过厚重的城市，不经意间一个驻足、一次转身，都会让人目眩神迷。

我那时爱极了《萍踪》，内心的情愫需要一个出口，诗词便是最好的媒介。

初三毕业的暑假，我窝在家里花了两天时间，写了平生第一首长篇叙事诗《萍踪侠影歌行》。那首诗当时读来颇为得意，后来看真觉青涩稚嫩，稍能入眼的大概只有"家仇可化置身外，国恨不能留与人"这样的句子。但毋庸置疑，它开启了我写作长诗的序幕。

除了诗词，我还喜爱戏曲，自认为水平过得去的三首长篇叙事诗都和戏曲有关，比较满意的是《古诗为阿花姐〈吴王悲歌〉作》。

阿花姐是绍兴小百花越剧团著名小生吴凤花，《吴王悲歌》是她演过的一出戏。吴王，即夫差，春秋吴末代国君。吴定都姑苏，就是如今的苏州。看，又和这座城扯上了关系，它注定成为我情思萦绕之地。

曾有人问我中国最长的长篇叙事诗是什么，我答《孔雀东南飞》。他笑着摇头："不是，是你写给阿花姐的这首长诗，比《孔雀东南飞》长。"

我刹那有些飘飘然，飘然之际尚有自知之明，岂敢拿拙作比肩乐府双璧。《孔雀东南飞》应该是中国古代最早最长的叙事诗，现当代哪有定论。

我的这首长诗后来在某个全国越剧征文竞赛中得了银奖。虽然只拿到一张补寄的获奖证书，应有的四百元稿费踪迹全无，所说编纂成册也遥遥无期，但我还是很高兴。

喜欢，就只是喜欢，不需要回报和预期。

《吴王悲歌》是我很喜欢的一出戏。戏中吴王年轻英武、睿智多情、宽厚仁义。我遗憾自己没有看过现场，那一年阿花姐带着它来上海演出，我正两耳不闻窗外事，一心只读圣贤书。等我心心念念想看时，她却再也不演了，或许是不能演了。据说，地方相关部门认为剧中吴王形象塑造过高，有辱及越王之嫌。

这样的说法，我反正是不信。明代苏州人梁辰鱼在《浣纱记》里说："尽道梁郎识见无，反编勾践破姑苏。大明今日归一统，安问当年越与吴。"而今，又是什么年代了？绍百的《越王勾践》去苏州展演，苏州人民也未见得不欢迎。

只是，《吴王悲歌》的全剧确实再没登上越剧舞台。

我看过该剧剧本，唱词优美，人物、主题都有新意。通过吴王夫差和越女郑旦的爱情悲剧，表达了人们渴望和平、安居乐业、自由生活的理想。

春秋无义战。为了争夺土地与霸权，不断引发的战争带来了深重的灾难，上至君王下至百姓都无法避免。剧作者借吴王

君歌且休听我歌

之口唱出战争的残酷本质："笑看那人世间争穴的蝼蚁，自相杀互相残何等得意。却原来争一撮肮脏栖身地，争一面纸做的霸王旗。"表达了厌恶战争、追求真爱的美好理想："海天一色，百川生烟。凉风甘雨，沁透心田。忘却了吴王金钩越王剑，忘却了深宫咒语令人厌。水茫茫千溪奔涌太湖去，雨蒙蒙包孕吴越落花天。浩渺太空弹丸人间，魂飘飘啊无挂无牵。旦啊，愿作风雨双飞燕，吴山比翼可成仙。"

我是半个绍兴人，母亲、外祖父母和曾外祖父母的籍贯都在上虞。我的祖母是苏州人，因此，我也有四分之一的吴人血统。这就难怪为什么我从小爱听评弹、爱看越剧，而彼时尚未踏足苏州和绍兴的一寸土地。

有些爱，融于血液却不明所以，需要时间的积淀和人生的阅历才能慢慢探寻到原因。

想起老舍的《想北平》，北平城于他，是天下第一。若是我，大概就只能写一篇《忆江南》了。

后来我去绍兴，游玩柯岩鉴湖，参观鲁迅故居，徜徉于冬日的沈园和秋日的青藤书屋。在咸亨大酒店的客房阳台上，捧一杯咖啡，看远处旧街民居的院子里挂满橙黄果实的参天树木。这同样是一个美如诗画的江南古城，容易撩动人心。

读中学的时候，语文老师说散文的一大特点是"形散神不散"。所以，倘要细究这篇有些意识流的文章的"神"来，那就是我对诗词、戏曲这些文学艺术的向往和热爱吧。

还有江南，赐予生命、融入血液的江南。

我于它，也是那样情有所钟。

满天风雨下西楼

谢亭送别

劳歌一曲解行舟，

红叶青山水急流。

日暮酒醒人已远，

满天风雨下西楼。

——许浑

唐代诗人许浑以《咸阳城东楼》《金陵怀古》等登临怀古、格律缜密的律诗闻名，名句如"溪云初起日沉阁，山雨欲来风满楼"传诵至今，而我则更爱他的一首绝句《谢亭送别》。

从诗名看，该诗主题一目了然，是一首典型的送别诗。送别诗之所以在中国古代诗歌中占有重席，是因为以当时的地理、交通、通信和社会状况，离别之后也许便长久不得相聚，甚至竟成永诀。所以，每一次离别，都可能是人生的重要节点，考验着各自种种的情意，惆怅悲凉就难免成为这些送别诗的主旋律。于是，王勃的"海内存知己，天涯若比邻"倏忽惊艳成千古名句。

许浑的《谢亭送别》同样有与友人相别的怅惘，但全诗没有将此直抒胸臆，而是用眼前的一片景致寄托了内心的情感。我喜欢那些自然明了却意境隽永的句子，坦露直白又蕴藉含蓄。短短的二十八个字中虚实相生，听觉和视觉辉映，动景与静景交错，如画面般铺展。泠泠的水面上离歌缭绕，一叶行舟在红叶青山间远去。日暮风雨时，黯然销魂的是送别友人酒醒后独自走下西楼的怅然若失。

"满天风雨下西楼"，简单文字里有说不尽的况味和情愫。

"西楼"这个意象，在诗词中时常出现。李煜有"无言独上西楼"，李清照有"雁字回时，月满西楼"，李益有《写情》诗："水纹珍簟思悠悠，千里佳期一夕休。从此无心爱良夜，任他明月下西楼。"于是，这位擅长绝句的著名边塞诗人，同样引起了我的注意。

读李益的诗，发现他的七绝确实写得好，代表作如《夜上受降城闻笛》和《汴河曲》："回乐峰前沙似雪，受降城外月如霜。不知何处吹芦管，一夜征人尽望乡。""汴水东流无限春，隋家宫阙已成尘。行人莫上长堤望，风起杨花愁杀人。"可谓词清、言简、情真、意远。

李益诗名卓著，仕途不顺，为人乐道的还有他和歌女霍小玉的情感纠葛，最早见于唐人蒋防的《霍小玉传》。虽众多细节直指李益本人，但传奇故事虚构难免，真假与否，实不可考。

可我讨厌极了唐传奇里那个负心薄幸、残忍多疑的李益，这真真是毁了我心中的诗人形象，直到看了汤显祖的《紫钗记》，才觉从憋闷中缓过一口气来。

《紫钗记》是明代传奇，自然也不等同现实，但我却认定了这才是配得上那些美好诗句的李十郎。而作为汤显祖"临川四梦"之一，《紫钗记》同样体现了他的"情至"观点。专制强权最终败给霍李二人坚贞不渝的爱情，这才是叫人憧憬向往的故事结局。

记得高一新生军训的那个暑假，上海越剧院红楼剧团在静安寺云峰剧场上演根据《紫钗记》改编的越剧《紫玉钗》。钱惠丽饰李益，单仰萍饰霍小玉，方亚芬饰卢府千金。三人正值年轻当红，又是我爱看的戏码，我缠了父母好久，终于动员了老妈一起去看最后一场。因为戏票订得迟，价格便宜的已经售完，只剩下几张最贵的一类票，位置不居中也不十分靠前。那时的一类票虽不像如今动辄三五百，但以父母当时的收入，绝对也算昂贵。买票的钱是爸妈辛苦赚来省吃俭用的"肉里分"，拿到戏票的时候，我心中满是愧疚和不安。而看戏的时间又恰是军训汇报操练的前一日晚上，为了保证第二天在学校和部队领导的检阅中获得好成绩，大家都铆足了劲儿，决定全副武装加班加点彩排到最完美的状态。

我看着手表上的指针慢慢逼近不得不离开的时间，心一横，跑到年级组长面前撒谎。我说："老师，我表哥今天结婚，我现在不得不走了。我小姑妈就这一个儿子……"

满天风雨下西楼

年级组长姓陆，瘦瘦高高的个子，一笑起来眼睛就眯成条缝儿，脸上同时呈现出多道褶子，有同学因此给他起了个形象的绰号"肉馒头"。我忐忑地望着那张可爱的脸，不想他欣然同意，还亲自帮我解开身后手榴弹背袋的绳子，让我顿觉温暖与惭愧。

我回家匆匆吃了晚饭，和妈妈一起出发去剧场。我穿了件无袖的衣裙，坐在公交车驾驶座背面那个反向的椅子上。夕阳的余晖迎面照来，我看着自己手臂上一大截墨黑的颜色，像是戴了长筒的礼服手套。那是几周来我穿着短袖白衬衫在烈日下军训的结果。

那天晚上，我坐在剧院里，静静地观看绚丽多彩的舞台上演绎着的悲欢离合。听霍小玉拿了紫钗在灞桥送别李益时的殷殷嘱托："一支玉钗托情愫，千里伴君上征途……"听一纸调令从塞外归来伫立于营帐中的惆怅背影暗自低吟："望帐外大雪纷飞朔风吼，听云中画角悲壮刁斗悠……" 感受戏曲的无穷魅力。

第二天一早我到了学校，还沉浸在昨夜的笙歌华彩中，冷不防却是陆老师笑吟吟地问："昨天上哪儿喝喜酒，都吃了些什么菜呀？"我一个激灵清醒过来，偏又一时语塞。

要说老师可真不是那么好糊弄的呀！

我觉得每个能看戏的夜晚，都是分外美好的夜晚。那个看《紫玉钗》的夜晚，无疑成了我高中时代最初的美好记忆。而李益在我心中的形象，就是舞台上那个风流蕴藉、痴情专一、肝胆相照的奇伟男子。我宁愿相信那一首《写情》，是他爱情受阻、内心坚贞的写照。

不管是送别友人的"满天风雨下西楼"，还是怀想爱情的"任他明月下西楼"，诗歌的美，永远感染着热爱诗歌的人。那时候，虽然一次离别，便可能关山阻隔，相见无由。一次擦肩，便可能天南地北，错失一生。但那些绵绵不绝的真实情意，凭借着诗歌的优美文字，迢递千里，传承古今，也当真是"海内存知己，天涯若比邻"了。

生活在现代社会的人们，有着高度发达的科技和无比便捷的交通通信，真正做到了天涯咫尺，近若比邻。可偏偏有时候，人的距离近了，心却渐行渐远，咫尺也成了天涯。

如今，我们可有登楼念远的襟怀？

我们有多久不曾关注月亮的阴晴圆缺？

我们还有没有那青山绿水、红叶纷染里的深情酬唱呢？

满天风雨下西楼

十年一觉扬州梦

遣怀

落魄江湖载酒行，楚腰纤细掌中轻。

十年一觉扬州梦，赢得青楼薄幸名。

——杜牧

杜牧与扬州的渊源是一段风流佳话。

杜牧出身名门。祖父杜佑，历任唐德宗、顺宗、宪宗三朝宰相。先祖杜预，西晋名将，注过《左传》。因同是杜预后裔，和大诗人杜甫还是同姓宗亲。身为世家子弟的杜牧才华横溢，二十三岁，一篇《阿房宫赋》已名动天下，之后进士及第。彼时，也算年轻有为，仕途畅达。

杜牧相貌英俊，政论文章写得极好，擅诗，尤工七绝。这样一位文采风流兼人物风流的清贵子弟，自是到哪儿都容易有些风流韵事，更何况他应淮南节度使牛僧孺之邀去了扬州。

唐代的扬州是名扬四海的第一流繁华之地，景色旖旎，歌舞升平。不要说美酒佳人，便是扬州城里那绵软和煦的春风，也能吹得人意醉神摇。

这一年，杜牧三十岁，一个男人最好的年华。他在牛僧孺幕下做掌书记，白天处理公文，晚上便一头扎进扬州的风花雪月中倚红偎翠，浪漫风流。

但凡诗人总是要以诗抒情，高兴的时候写，不高兴的时候也写。于是，杜牧在扬州的感情生活，以及那些和扬州有关的诗句，自他笔下涓涓而出："娉娉袅袅十三余，豆蔻梢头二月初。春风十里扬州路，卷上珠帘总不如。""多情却似总无情，唯觉尊前笑不成。蜡烛有心还惜别，替人垂泪到天明。"（《赠别二首》）

明月楼头，垂杨疏朗，灼灼红灯高悬。精致小菜、醇香美酒、热闹歌舞、娇媚红妆，只羡鸳鸯不羡仙。扬州之夜，迷醉众生，引人流连。

杜牧在扬州的三年该是他人生堪称幸福的时光，而且颇为幸运的是，他还遇到了一个好上司。对于他夜夜笙歌、毫不检点的浪漫风流，牛僧孺非但听之任之，还暗中派了数十名便衣时刻保护他的安全。直到他离开扬州赴任京官，牛僧孺设宴饯行，才在席间旁敲侧击，劝他爱惜名誉和身体，不可"风情不节"。杜书记看见那装满他三年平安帖的小箱子，羞愧之下感激涕零。

说有志难酬声色买醉也好，说文人风流落拓江湖也罢，杜牧对于扬州的记忆总是深刻到不能忘记。纵岁月倏忽，恍若一梦，回想起来，依旧动心牵怀，频生感慨。十年一觉扬州梦，他因扬州诗名更盛，而扬州也因他平添万种风情。

投缘于这一座美丽繁华的城市，杜牧如是，张祜亦如是。

张祜，诗人才子，侠义豪放，有名士之风，与杜牧相投。杜牧有诗赞之："谁人得似张公子，千首诗轻万户侯。"

张祜早年优游于苏杭江淮，曾有《题金陵渡》诗神韵天成："金陵津渡小山楼，一宿行人自可愁。潮落夜江斜月里，两三星火是瓜洲。"又有自述扬州生活的《到广陵》："一年江海恣狂游，夜宿倡家晓上楼。嗜酒几曾群众小，为文多是讽诸侯。逢人说剑三攘臂，对镜吟诗一掉头。今日更来憔悴意，不堪风月满扬州。"志气高远，轻狂浪漫，纵情扬州风月，蓬勃诗意才华。

扬州对于张祜而言，同样留醉眼眸，熨帖脾性。生既缠绵，死亦流连，他对于扬州的热爱，从生到死，更是刻骨鲜明。且看他的一首《纵游淮南》诗："十里长街市井连，月明桥上看神仙。人生只合扬州死，禅智山光好墓田。"

繁华热闹的街市，年轻美貌的女子，弦管笙箫悠扬，山光水色旖旎，偏又在一个明月朗照的夜晚。

扬州的月，因"天下三分明月夜，二分无赖是扬州"超拔出众，冠绝天下。徐凝的诗，只这句是公认得好，以为写扬州月色的第一名句。

对于扬州的月，诗人们的吟咏反反复复，不遗余力。杜牧有"二十四桥明月夜，玉人何处教吹箫""谁家唱水调，明月满扬州"，陈羽有"霜落寒空月上楼，月中歌唱吹扬州"，张乔有"月明记得相寻处，城锁东风十五桥"，韦庄有"花发洞中春日永，月明衣上好风多"，陈秀民有"琼花观里花无比，明月楼头月有光"，曹寅有"二分明月扬州梦，一树垂杨四百桥"。还有扬州人张若虚的《春江花月夜》，孤篇压全唐，写的或许就是故乡的明月。

有时候，真觉得这一座城与文人的关联太过紧密。诗句描摹，丹青图画，总还是不能详尽。李白道："烟花三月下扬州。"杜甫云："商胡离别下扬州。"刘禹锡到扬州有名句："沉舟侧畔千帆过，病树前头万木春。"扬州八怪之一的黄慎说："人生只爱扬州住，夹岸垂杨春气薰。"而郑板桥诗里的扬州最韵致空灵："画舫乘春破晓烟，满城丝管拂榆钱。千家养女先教曲，十里栽花算种田。"

扬州，在一众文人墨客的笔下热闹蓬勃、美轮美奂，却在姜夔的词里凄怆萧寂、触目惊心。

"当年人未识兵戈，处处青楼夜夜歌。"姜夔过维扬则生黍离之悲，因而自度了一曲《扬州慢》："淮左名都，竹西佳处，解鞍少驻初程。过春风十里，尽荠麦青青。自胡马窥江去后，废池乔木，犹厌言兵。渐黄昏，清角吹寒，都在空城。　杜郎俊赏，算而今，重到须惊。纵豆蔻词工，青楼梦好，难赋深情。二十四桥仍在，波心荡，冷月无声。念桥边红药，年年知为谁生？"

词中提到杜牧，用典也大多和杜牧歌咏扬州的诗句相关。

十年一觉扬州梦

然而眼前的城池，虽依旧是淮左名都、竹西佳处，依旧有十里春风和二十四桥的明月，却满是金军南下兵火之后的破败荒凉。今昔对比，繁华不再，深情难赋。"胡马去后，犹厌言兵"，是痛定思痛对战争荼毒的控诉。叫人醒觉，原来扬州的繁华富庶和诗人的风流吟咏，须有太平盛世的保障，才能相映成辉。

那日从史公祠出来，沿着古城河去瘦西湖。走过冶春茶社，见春河静谧，桃红临水，绿柳轻扬。阳光从两岸参天相接的大树中漏下，洒落河面。远处微澜，粼粼泛着金光，境幽意闲，一时便是心神怡然、岁月静好的感觉。

直叫我从心底感念现世安稳的幸福。

何物浓情

未妨惆怅是清狂

无题

（一）

相见时难别亦难，东风无力百花残。

春蚕到死丝方尽，蜡炬成灰泪始干。

晓镜但愁云鬓改，夜吟应觉月光寒。

蓬山此去无多路，青鸟殷勤为探看。

（二）

昨夜星辰昨夜风，画楼西畔桂堂东。

身无彩凤双飞翼，心有灵犀一点通。

隔座送钩春酒暖，分曹射覆蜡灯红。

嗟余听鼓应官去，走马兰台类转蓬。

（三）

来是空言去绝踪，月斜楼上五更钟。

梦为远别啼难唤，书被催成墨未浓。

蜡照半笼金翡翠，麝熏微度绣芙蓉。

刘郎已恨蓬山远，更隔蓬山一万重。

（四）

重帏深下莫愁堂，卧后清宵细细长。

神女生涯原是梦，小姑居处本无郎。

风波不信菱枝弱，月露谁教桂叶香。

直道相思了无益，未妨惆怅是清狂。

——李商隐

　　说起李商隐和他的无题诗，很让人有些怀旧。

　　"相见时难别亦难"是李商隐无题诗的名篇，小时候看越剧电视剧《别亦难》，讲的就是李商隐的故事。电视剧取此无题诗首句三字做剧名，并用诗的前四句配了主题曲。"相见时难别亦难，东风无力百花残。春蚕到死丝方尽，蜡炬成灰泪始干。"我记得片头何占豪谱曲的旋律响起，那白衣疏朗的男子在纸上挥毫的样子，略带悲戚的悠扬女声动情地演唱，男子停笔抬眸定格在瞬间。后来才知道饰演李商隐的是淮剧演员梁伟平，不得不感慨梁老师年轻时的颜值，他演的李商隐是颇入我心的。

因为剧情和剧中优美的歌曲、唱词，我对李商隐和他的无题诗产生了兴趣。于是去翻《唐诗三百首》，那是当时家里唯一能找到他诗的书。我把书中所录其无题诗读了个仔细，就即时拜倒在那些美妙绝伦的句子里。

无题诗乃李商隐首创。俗话说好题文一半，我们读一首诗，先看题目，便能大概了解诗歌的内容。但这题目如今是没有题目，也只好认认真真去读诗了："昨夜星辰昨夜风，画楼西畔桂堂东。""刘郎已恨蓬山远，更隔蓬山一万重。""春心莫共花争发，一寸相思一寸灰。"看是写爱情，但爱恋的对象闪烁不明，抑或香草美人另有所指。李商隐的无题诗情真意切、辞美境远、格律谨严，却大多朦胧含蓄、明灭晦涩。所谓"诗家总爱西昆好，独恨无人做郑笺"，直叫人"只是当时已惘然"。

我以为这恰是妙处所在。诗人的难言心事，借助委婉蕴藉的诗歌一吐为快，并不愿阅读者能清晰窥见、一览无余。作诗原是为了抒写心绪、取悦自己，对于诗人的刻意隐晦，我们实在不必究根溯源、穷追猛打，且只享受这词句诗境的生动美妙和内心情感的深沉真切好了。

李商隐诗才卓著，一生却不得志。寄人篱下、官职卑微、辗转漂泊，是他的人生常态。他应该是一个单纯真诚的性情中人，不圆滑世故，也缺乏官场交际的能力。这从他的诗歌和生活经历可以看出。早年他受令狐楚赏识照顾，寓居令狐府邸，与令狐楚之子令狐绹交往，犹如同门兄弟。令狐绹后居宰相之职，而他的岳父泾原节度使王茂元亦是封疆大吏。

未妨惆怅是清狂

无论他攀附哪一个，都有近水楼台平步青云的可能。

可是令狐楚父子属牛（牛僧孺）党，王茂元则似乎偏向李（李德裕）党，而李商隐注定只是个诗人。

他的纯真和性灵，使他在政治上没能敏锐地判断和站队。于是李党嫌他不忠，牛党恨他背叛，不是李党也不愿做牛党的李商隐，却陷入牛李党争不能自拔。

因此，潦倒失意便在预料之中。

后来，他天真地给令狐绹写了一首怀旧的诗："嵩云秦树久离居，双鲤迢迢一纸书。休问梁园旧宾客，茂陵秋雨病相如。"（《寄令狐郎中》）但最终也没再得到这位显赫权贵的提携相助。

在爱妻先他而逝的打击下，李商隐于四十多岁郁郁而终。晚唐诗坛巨星陨落，唐人有诗哭之："虚负凌云万丈才，一生襟抱未曾开。"

总结很到位，但这也许是其作为诗人的宿命。诗到沧桑语始工，若李商隐官场得意、一生顺达，恐怕就没有这真切笃厚、一往情深的高吟低回了吧。

历代诗人，凡能有一二名句传世已属不易，而李商隐留下的名句不胜枚举。就他的七言诗随意举例，无题诗中有："身无彩凤双飞翼，心有灵犀一点通。""春蚕到死丝方尽，蜡炬成灰泪始干。""直道相思了无益，未妨惆怅是清狂。""斑骓只系垂杨岸，何处西南待好风。""人生岂得长无谓，怀古思乡共白头。"无题诗外有："纵使有花兼有月，可堪无酒又无人。""一春梦雨常飘瓦，尽日灵风不满旗。""永忆江湖归白发，欲回天地入扁舟。""嫦娥应悔偷灵药，碧海青天夜夜心。""秋阴不散霜飞晚，留得枯荷听雨声。"

说李商隐"一生襟抱未曾开"，在那趋于乱世的晚唐社会确是事实。可这万丈诗才终究不曾虚负，只说他流传至今的那些无题诗便拥趸无数。他的一腔深情，在这些诗中得以最真切自然地流露，感动着众多读者与之共鸣。

《唐诗三百首》中，李商隐的诗选数紧随杜甫、李白、王维之后，排在第四位。

人生的坎坷和磨难似乎让李商隐彻悟，"世界微尘里，吾宁爱与憎"是他《北青萝》诗的名句。人处于世，自然亦是微尘。如此，个人的爱恨有什么可纠缠于心呢？

只是放下爱恨又是如此艰难。作为一个关注国家命运与前途的知识分子，理想抱负、精神道义，亦是终其一生难以割舍的部分。也因此，那些深挚的爱与哀愁便留存在他的诗歌里，在这有如微尘的世界中传递，闪烁着不曾磨灭的光芒。

这个不谙世事又情致深远的男子，他的热望与凄凉，他的相思与惆怅，在诉诸诗句的笔端流淌，是这尘世间令人追慕遐想的风流与轻狂。

未妨惆怅是清狂

花间旖旎说温韦

梦江南

千万恨，恨极在天涯。山月不知心里事，水风空落眼前花，摇曳碧云斜。

——温庭筠

菩萨蛮

人人尽说江南好，游人只合江南老。春水碧于天，画船听雨眠。　垆边人似月，皓腕凝霜雪。未老莫还乡，还乡须断肠。

——韦庄

温庭筠，唐初宰相温彦博后裔，因才思敏捷，八叉手而八韵成，号"温八叉"。其诗与李商隐有"温李"之称，名句如

"鸡声茅店月，人迹板桥霜"，脍炙人口，流传甚广。

我喜欢他的一首《瑶瑟怨》："冰簟银床梦不成，碧天如水夜云轻。雁声远过潇湘去，十二楼中月自明。"写景抒情，哀而不伤，清丽婉转，境远神驰。

温庭筠的诗自有一股清新之气，在晚唐诗人中超拔出众。然而他在文学史上的地位，更多缘于他的词作。在词这种文学样式还流于"小技""诗余"时，他是第一个专力于倚声填词的唐代诗人。他被称为花间词派的鼻祖，推动了民间词向文人词的转化。

花间词，源自五代赵崇祚编辑的一部词选《花间集》，取张泌《蝴蝶儿》"还似花间见，双双对对飞"句得名。

顾名思义，花间词的题材和风格多是花前月下、闺阁情愫、浓艳香软、绮丽浮靡，却不乏真情佳作影响深远，是婉约宋词的奠基和前驱，故而在词史上占有重要位置。

温庭筠是《花间集》收入作品最多的一位，他的十四首《菩萨蛮》和六首《更漏子》便是其中代表。

来看他最著名的一首《菩萨蛮》："小山重叠金明灭，鬓云欲度香腮雪。懒起画蛾眉，弄妆梳洗迟。　照花前后镜，花面交相映。新帖绣罗襦，双双金鹧鸪。"

寥寥数语中，小山重叠、鬓云香腮、蛾眉花面、绣罗襦、金鹧鸪，精美香艳，词句撩人，把女子弄妆梳洗的慵懒之态描摹得淋漓尽致。

但我最惊艳的是他那句"玲珑骰子安红豆，入骨相思知不知"，寻常之物作妙绝联想，形象生动，浅近直白，一语双关，抒写相思情意。

还有他的两首《梦江南》，虽仍是写思妇闺怨、离愁别恨，却是难得的清新淡雅、意味隽永之作。

其一"梳洗罢，独倚望江楼"，曾入选中学语文课本。

那时年少，不懂思妇盼归、久候不至的愁怨，只觉词句好听，琅琅上口。一群十三四岁的孩子，每日晨读在教室里有口无心地吟诵，想来亦是莞尔。

很久以后，读到另一首——千万恨，恨极在天涯。

同样是简单词句，极尽表情达意之能事，将对远在天涯离人的思念渲染到无以复加。山月、水风、落花、碧云，客观静谧之景，摇曳出内心浓烈的主观情感，欲说不得，欲语还休。这两首词，含蓄蕴藉，铅华洗尽，纯用白描，在温词一众香艳之语中飘然卓立，人评"犹是盛唐绝句"。

我总觉得那其实是在写他自己，写他一生遭际，才高不遇。他的落魄压抑，他的坎坷潦倒，他的寄寓漂泊，他的凡八叉手而八韵成却屡试不第，焉不是"千万恨，恨极在天涯"呢。

这些，固然和他的性情有关，或也因着他的才华横溢。

比如他自恃才高，在考场帮人作弊；比如他放浪形骸，散金狎游；比如他讽刺权贵，得罪宰相令狐绹；比如他出言不逊，惹恼了微服出巡的皇帝。

纪唐夫《送温庭筠尉方城》有诗句"凤凰诏下虽沾命，鹦鹉才高却累身"，才高累身，可谓一语中的。

提到花间词人，不得不说的还有和温庭筠并称"温韦"的韦庄。

城南杜韦，去天尺五。韦庄亦是宰相后裔，诗人韦应物四世孙，只彼时家门衰败，又逢战乱。韦庄有一首长篇叙事诗《秦妇吟》，写唐末乱世之象，与《孔雀东南飞》《木兰辞》并称为"乐府三绝"。

战乱频仍中，韦庄避至江南，遂有了诗人与那一处杏花烟雨、春水画船的美好相遇。

韦庄写江南的诗词不少，著名者如："江雨霏霏江草齐，六朝如梦鸟空啼。无情最是台城柳，依旧烟笼十里堤。"（《台城》）"谁谓伤心画不成，画人心逐世人情。君看六幅南朝事，老木寒云满故城。"（《金陵图》）怀古伤时，借景抒情。

我还喜欢他的《古离别》和《寄江南逐客》。不论是"断肠春色在江南"还是"对床孤枕话江南"，我们都能从诗句中看出韦庄对江南的情意。

更著名的是他的一首《菩萨蛮》，写尽了江南的缱绻缠绵。

"人人尽说江南好，游人只合江南老。春水碧于天，画船听雨眠。"这就是江南的魅力，无论是远来的羁旅客还是离乡背井的游子，江南都会成为他们魂牵梦萦之地。

如果把韦庄的《菩萨蛮》和温庭筠的《菩萨蛮》放在一起比较，便诚如王国维《人间词话》中所言："温飞卿之词，句秀也。韦端己之词，骨秀也。"

花间旖旎说温韦

韦庄词于清新明朗、直白如话的笔调下尽抒胸臆，如他另一首《菩萨蛮》："劝君今夜须沉醉，尊前莫话明朝事。珍重主人心，酒深情亦深。　须愁春漏短，莫诉金杯满。遇酒且呵呵，人生能几何。"

"呵呵"这个词，追溯源头恐怕就是韦庄了。读这首词，如同故人语，由不得人也想呵呵小酌几杯。人生苦短，遇酒须倾。酒和诗歌，大概是韦庄用来排遣情绪的最好媒介。

"如今却忆江南乐，当时年少春衫薄。骑马倚斜桥，满楼红袖招。"（《菩萨蛮》）这是江南留给韦庄的年轻记忆，春衫、红袖、姿态慵懒的骑马少年，青春便在那般明丽悠闲中过去。那时那地的快乐，是独属于韦庄的江南，如花美眷，似水流年。

乱世中的疲敝与离散总给人带来心灵的深切伤害，即使他最后在蜀中官高为相，荣华终老。

"洛阳城里春光好，洛阳才子他乡老。柳暗魏王堤，此时心转迷。　桃花春水渌，水上鸳鸯浴。凝恨对残晖，忆君君不知。"（《菩萨蛮》）

"夜夜相思更漏残，伤心明月凭阑干，想君思我锦衾寒。咫尺画堂深似海，忆来惟把旧书看，几时携手入长安？"（《浣溪沙》）

长安，是回不去了。洛阳，又满目疮痍。便是江南，也终究遥远成了记忆。

作为"花间"词人，韦庄的词里自有悱恻深情。看似直白实则回转，看似浅近实则深邃，看似平淡实则汹涌，都在他明朗清新、简洁流畅、直朴如语、近乎白描的词句中一一呈现。

韦庄的词里也有大胆艳语和爱之宣言。如火般的情愫，赤裸裸的告白，读来酣畅，叫人称赞。很喜欢他的《思帝乡》："春日游，杏花吹满头。陌上谁家年少，足风流。妾拟将身嫁与，一生休。纵被无情弃，不能羞。"喜欢就是喜欢，爱了就是爱了，不计后果，不畏将来，剩下的都交给老天安排。

诸行无常，人生有太多不容拒绝的愁苦。

所幸无论是怀才不遇的孤傲，还是乱世颠沛流离的性灵，都在这诗词的一片旖旎中，寻得了属于自己的慰藉。

花间旖旎说温韦

问君能有几多愁

渔父

一棹春风一叶舟，一纶茧缕一轻钩。花满渚，酒满瓯，万顷波中得自由。

——李煜

南唐后主李煜和他的词，在中国词史上有着举足轻重的地位，历来评价极高。更有甚者，以"词帝"相称李煜。李煜词，尤其是他的后期创作，一改花间词和民间词的风格，开拓了宋词的气象和境界。用语清丽、音韵优美、感情真挚、意境深远，得相遇并肩者庶几寥寥。

李煜留词三十余首，著名者俯拾皆是。"剪不断，理还乱，是离愁，别是一番滋味在心头""问君能有几多愁，恰似一江春水向东流"等更成为流传千古众所周知的名句。

王国维《人间词话》评其"词人者，不失其赤子之心"，唐圭璋言其"自抒真情，感人至深"。夫妻情、弟兄谊，以及对故国家园的热切怀念，在李煜的词中以最直白的方式展现无遗。而其遣词用语自然熨帖，信笔而下音律谐美、意境不凡，人道"神秀""天籁"。

"深院静，小庭空，断续寒砧断续风。无奈夜长人不寐，数声和月到帘栊。""别来春半，触目柔肠断。砌下落梅如雪乱，拂了一身还满。"读一读李煜词，就知道他天生是一个词家。

李煜精通音律、绘画、书法、诗词歌赋，乃至对舞蹈的编排也有很深的造诣，可算是文学艺术的大家，却不擅管理国家。但这似乎又怪不得生于深宫、长于妇人之手的他。

"手卷真珠上玉钩，依前春恨锁重楼。风里落花谁是主，思悠悠。　青鸟不传云外信，丁香空结雨中愁。回首绿波三楚暮，接天流。""菡萏香销翠叶残，西风愁起绿波间。还与韶光共憔悴，不堪看。　细雨梦回鸡塞远，小楼吹彻玉笙寒。多少泪珠何限恨，倚阑干。"这是李煜父亲南唐中主李璟的两首《摊破浣溪沙》。

"谁道闲情抛掷久。每到春来，惆怅还依旧。日日花前常病酒，不辞镜里朱颜瘦。　河畔青芜堤上柳，为问新愁，何事年年有。独立小桥风满袖，平林新月人归后。"这是南唐宰相冯延巳的词。

家学渊源，君臣同气，俱是才华横溢的词人。都想声色犬马偏安一隅，过纸醉金迷风花雪月的日子。

李煜才华禀赋，生性良善懦弱。他在杏花春雨、软语呢喃的江南之地成长，耳濡目染，潜移默化。他从无开疆拓土、逐

问君能有几多愁

鹿中原的志向，面对父亲留下已风雨飘摇的秀丽江山，只想继续过着安逸奢靡无人打扰的生活。

富庶繁华的南唐，除拥有一干柔弱风流的君臣，别无所长。要如何同从腥风血雨中厮杀而出的宋室武将匹敌？李煜自降"江南国主"，派徐铉觐见赵匡胤，表明臣服之心，希望他不要挥师南向。太祖曰："不须多言，江南有何罪，但天下一家，卧榻之侧，岂可许他人酣睡。"徐铉惶恐而退。

卧榻之侧岂容他人酣睡，南唐亡于宋，是历史的大势所趋。而李煜托身帝王家，则不免是个人的悲剧。前半生的极致荣华与生命末端的耻辱苦痛，使他体会到了人生最大的悲哀。

所以，他在词中说："人生愁恨何能免，销魂独我情何限。"他说："转烛飘蓬一梦归，欲寻陈迹怅人非，天教心愿与身违。"君王这差事不是他擅长想干的活儿，他向往身心合一、无拘无束的日子，故而有"花满渚，酒满瓯，万顷波中得自由"的心声流露笔端。

可偏偏家国天下，众多羁绊。清人余怀说："李重光风流才子。误作人主，至有入宋牵机之恨。"真是一语戳中痛处。

前几年看歌仔戏《玉楼春》，演绎的恰是南唐旧事。中国台湾歌仔戏著名女小生叶青饰李煜，她的戏我一般都会看上几遍，唯独这一出差点没看完。因为全剧过于凄凉的基调，令人不能卒观一个又一个悲剧接连完美地呈现。我坚持着看到最后，喝下毒酒的李煜在"四季调"的演唱中回想他的一生：挚爱忠信离他而去，锦绣繁华灰飞烟灭，故国宫阙唯在梦中相见，等待他的只有人生的寂然落幕。

鉴于那个太过悲惨的结局，我遐想联翩地开始了第一个戏曲剧本的创作。几万字的剧本意犹未尽，或许将来也能有个几十万字的长篇。有时，真是不得不惊诧于人和人、事与事的因果渊源。

一千年前的李煜，一定想不到他信笔而书、一展性灵的词作会产生如此重大久远的影响。一定想不到身为亡国之君，曾战战兢兢跪伏于宋室御阶下的自己，会在中华词史里南面为王，傲视春秋。而灭亡他国家和生命的朝代，不过在历史长河中存现了三百多年。

从秦始皇开始，历代帝王或许都想追求一种永恒，即使自己的生命做不到，也希望一手建立起来的王朝能日久天长。

但是，真正能触及永恒的，也许只有文学艺术所创造的世界。

在那个世界里，花长好，月长圆，人长寿。

问君能有几多愁

忍把浮名，换了浅斟低唱

鹤冲天

　　黄金榜上，偶失龙头望。明代暂遗贤，如何向。未遂风云便，争不恣狂荡。何须论得丧。才子词人，自是白衣卿相。　　烟花巷陌，依约丹青屏障。幸有意中人，堪寻访。且恁偎红倚翠，风流事，平生畅。青春都一饷。忍把浮名，换了浅斟低唱。

——柳永

柳永的《鹤冲天》写于他科举落第后。

全词浅斟低唱，风流跌宕，不失为一首佳作。"黄金榜上，偶失龙头望""明代暂遗贤""才子词人，自是白衣卿相"等句，可见柳永自视甚高，对朝廷取士颇有不满。故作旷达的背后，是更多对他日金榜高中的希冀：只要自己有才华，是金子总会发光。

不过是借酒装疯撒个娇，没想到被撒娇的对象并不高兴。据说皇帝看了这首词，道："且去浅斟低唱，何要浮名？"从此，原本不顺的仕途就更加不顺畅。柳永由自嘲到自弃，干脆打着"奉旨填词"的旗号，沉溺流连歌舞之地，愈发放纵不检点。这其实也怪不得皇帝，好比孟浩然说"不才明主弃"，你都说自己"不才"了，明主不弃你弃谁？

做官和作词，柳永的才华可能更偏向于后者。天分加努力，想要不成功也不容易。柳永创制长调，拓展慢词，在宋词发展中的贡献和地位有目共睹。凡有井水饮处，即能歌柳词。连苏东坡都耿耿于怀地比较："我词何如耆卿（柳永字）？"更有传说金主完颜亮见柳永吟咏杭州的《望海潮》，遂有投鞭渡江立马吴山之志。

其实，闷头过活，一辈子做自己擅长的事挺好。

偏偏柳永戒不了想当官的瘾，可想当官就绝不能发牢骚。所以说《鹤冲天》这样的词最要命，看似旷达，实则不能旷达，发个牢骚，一不小心被领导知道还不高兴。

柳永的结局是"英俊沉下僚"，死后贫无以葬，只有众多爱其情词与之相好的青楼女子依旧眷念着他。后世相关作品有话本《众名妓春风吊柳七》和杂剧《风流冢》，民间也因此留有"上风流冢"的习俗。

我总觉得文人除了风流，更需要一些风骨，人生才会有更多自由的空间。

柳词多长调，惯用铺叙，其中有不少写男女之情的口语化作品。如今我们对这些词的评价是"雅俗共赏，贴近生活"，在当时却为士大夫们所不齿。

比如，这一首《定风波》："自春来，惨绿愁红，芳心是事可可。日上花梢，莺穿柳带，犹压香衾卧。暖酥消，腻云嚲。终日厌厌倦梳裹。无那，恨薄情一去，音书无个。　　早知恁

71

忍把浮名，换了浅斟低唱

么，悔当初，不把雕鞍锁。向鸡窗，只与蛮笺象管，拘束教吟课。镇相随，莫抛躲。针线闲拈伴伊坐，和我。免使年少，光阴虚过。"据说宰相晏殊见后就很不待见柳永。

这样的词相比士大夫们的雅作来说，俗是俗了点儿。但词中塑造人物真实鲜活，生活化的语言恰到好处地突出了人物的性格和心情，不失为一个成功的文学作品。况千人千面，文学也应该有其多样性。这实在是风格和一时兴致的问题，因为能写出"今宵酒醒何处？杨柳岸、晓风残月"的柳永，并不是不能高雅的水平。

所谓雅俗并陈，大俗大雅。

但我也一直认为诗歌乃至任何一种文学样式，可以俚俗，不可粗俗，更不能庸俗和低俗。

诗歌，是人类语言最高级的组织形式。诗言志，不是满纸无谓的荒唐，也不是获取名利的敲门砖。诗含情，至真至性，闪烁正直美好的光芒。

诗三百，思无邪。

"汝果欲学诗，工夫在诗外。"

真爱诗歌的人，不妨就把浮名，换了浅斟低唱。

红杏枝头春意闹

玉楼春

东城渐觉风光好，縠皱波纹迎客棹。绿杨烟外晓寒轻，红杏枝头春意闹。　　浮生长恨欢娱少，肯爱千金轻一笑。为君持酒劝斜阳，且向花间留晚照。

——宋祁

记得那时语文课本里有篇关于"炼字"的文章，内容和作者都想不起来，唯一记住的只有"红杏枝头春意闹"，知道这个"闹"字用得极好。

后来看《人间词话》，王国维说："着一'闹'字，而境界全出。"的确，拟人手法的运用，生动形象地突出了鲜花吐艳、春光烂漫的美好景致。

再后来，知道了句子的出处是宋祁的《玉楼春》。倒不是因为"红杏枝头春意闹"使我惊艳于宋祁的这首词，而是它随意落拓、风流娴雅的格调贴合了我的脾胃。尤其是"浮生长恨欢娱少，肯爱千金轻一笑"，潇洒豪放，道出了人生苦短、行乐及时的主题思想。

这种思想要是放在当时的语文课本里肯定要被批判，放到现在估计也不行。但仔细想想，这分明是面对人生最积极的态度。于短暂有限的时光最大限度享受生命带来的快乐，才不枉在这绚丽缤纷的世界走上一遭。当然，请各自检点行乐的方式，需与人无尤、与世无害才好。

中国的历史那么长，诗人那么多，有多少诗词歌赋浩瀚如汪洋。一首诗因其中一句声名远播，一个诗人因笔下的一首诗词青史留名，都是极其幸运的。今天我们因《春江花月夜》知道张若虚，因《黄鹤楼》记得崔颢，因"红杏枝头春意闹"遇见宋祁，说明重要的不在数量，在于质量。而质量需要锤炼，看看那些诗词炼字的故事，就知道所谓大家并非一蹴而就。

最为熟知的莫过于王安石的"春风又绿江南岸"。小学语文课上，老师说这个"绿"字是经过"到""入""满""过"等十几个字的反复比较，才最终被诗人选定。而这个活用为动词的形容词，细腻传神地写出了春到江南绿意盎然的动态景象，遂使全诗因一字一句而千古传唱。这种反复比较，选定最好的那个，就是对文字的锤炼。

这是一种创作态度，耗费精神，需要时间。

所以，卢延让感慨"吟安一个字，捻断数茎须"，杜甫立志"为人性僻耽佳句，语不惊人死不休"，贾岛叹息"两句三年得，一吟双泪流"，汉语词汇中也因此有了"推敲"。

不仅仅是诗词，任何一种文学样式的创作和文学作品的产生都需要反复锤炼，优秀的作者和作品必会经历这样的过程。而这种精益求精、认真严谨的创作态度，也恰是成就作者和作品的保证，值得读者尊敬。

想想曹雪芹一生只一部未完的《红楼梦》，贫病交加中，依然批阅十载，增删五次。名著自有其成为名著的道理。

其实，我并不认同把"红杏枝头春意闹"作为炼字的例子。如果王安石上来便是那句"春风又绿江南岸"，"锤炼"二字也就无从说起。

有天赋固然是好，勤勉亦不可少，认真严谨的态度永远有其价值和意义。

对于文学艺术的追求，我们不能有太过功利的目的。精神层面的东西，如果带有太多功利性，就难免会毁坏其神圣美好的本质。

人和人的交往也是一样。尼采说"一切文学，余爱以血书者"，无非是讲求一个真字。而朋友之间，若时刻隐藏着功利的目的，路遥知马力，日久见人心，谁又是傻子呢？这是我于文字外的一点感悟。

抛开些名利的追逐，多花些锤炼的时间，也许会有更好的结果。纯真而不虚伪，人和人之间将增一些长情。文人应该有真性情，不失其赤子之心，笔下才会有好作品。而才华是比青春更美好的东西，不惧岁月摧残，总会绽放光芒，如果有足够的坚韧和努力。

且以此自勉。

红杏枝头春意闹

始将平仄费心思

题金山寺

潮随暗浪雪山倾，远浦渔舟钓月明。

桥对寺门松径小，槛当泉眼石波清。

迢迢绿树江天晓，霭霭红霞晚日晴。

遥望四边云接水，碧峰千点数鸿轻。

——苏轼

苏轼的《题金山寺》正来倒去都是一首标准的七律，在回文诗中登峰造极。

膜拜之余，我大致分析它技术层面的特点。比如，多用叠词、数词、名词和形容词，尤其是方位名词和色彩、大小、距离等方面的形容词，这样易于颠倒顺序，也便于对仗。奇数句的第一个字需平声且同韵，偶数句的第一个字除最后一句必须是仄声，这样倒读依然符合押韵规则。至于平仄粘对，只要正读合律，反过来就没问题。

可是要合平仄，也不是一件容易的事。

我从小喜欢古诗词，赏其词句、韵味、情感、意境，唯独对平仄有些排斥，以为那是束缚自由和性灵的东西。偶尔拿一本诗词格律的书来看，翻几页便读不下去，只觉连作诗的兴趣都要失去。因而所写诗词定字定句、对偶押韵、抒情达意，从来不管平仄粘对那回事儿。

但如果写格律诗，就不能不讲平仄，这是学诗道路上必须跨越的一道门槛。

终于有一天，我跟着复旦大学胡中行教授学诗词格律，捧着一本《格律诗启蒙》仔细研究。

真正静下心来看那些平仄、粘对、拗救，也不是太难。学了几天，拿来检查自己以往的诗作，竟少有合律的。唉，就当我之前写的都是古体诗好了。买了本《白香词谱》，但见那一众词牌上密密麻麻的平仄标注，想着也不要填什么词了吧。之后每每读诗，满眼平仄粘对，只见毫毛不见全牛，内容情感反倒忽视了。

关于诗歌，我向来有自己"情意韵声"的创作原则。认为一首好诗词，第一要素是思想感情，第二是意境和韵味，第三才是抑扬顿挫、琅琅上口的声律之美。情感是最重要的部分，格律是最表面的东西，兼而有之固然最好，做不到就先护住本真。作不了近体诗可以写古体诗，不按词牌还可以有自度曲，为此失去创作的激情与兴趣，实在是本末倒置。

《红楼梦》中香菱学诗，黛玉说："什么难事，也值得去学！不过是起承转合，当中承转是两副对子，平声对仄声，虚

始将平仄费心思

的对实的，实的对虚的，若是果有了奇句，连平仄虚实不对都使得的。"香菱领悟："原来这些格调规矩竟是末事，只要词句新奇为上。" 黛玉又强调："词句究竟还是末事，第一立意要紧。若意趣真了，连词句不用修饰，自是好的，这叫作'不以词害意'。"

于我心有戚戚焉。

但黛玉还是要香菱先悉心揣摩王维的五律一百首，读杜甫的七律和李白的七绝一二百首。

可见，作诗还得学格律，学格律自有好处。

且不说它是前人总结出的声韵规律，一定有其道理。掌握平仄粘对，也解决了我在诗歌上曾有的一些疑惑。比如，于谦的《石灰吟》应是"粉骨碎身全不怕"，而非"粉身碎骨全不怕"。他的《入京诗》应是"清风两袖朝天去"，而非"两袖清风朝天去"。岳飞的《池州翠微亭》也应是"好水好山看不足"，而非"好山好水看不足"。还有李白的《静夜思》和杜甫的《望岳》其实都是古体诗。

同事送我一本中华书局《诗词中国普及读物》，里面有马凯先生《谈谈格律诗的"求正容变"》一文。文章的最后强调不讲平仄即非格律诗，同理，只在字数、句数、大体押韵上符合某个词牌或曲牌但不讲平仄的作品，也不宜冠以某某词牌或某某曲调。

邓拓在《燕山夜话·三分诗七分读》中说："你用了'满江红'的词牌，而又不是按照它的格律，那末，最好就另外起一个词牌的名字，如'满江黑'或其他，以便与'满江红'相区别。"

到底令人汗颜。

我决定更加认真地学习诗词格律，写了首《学诗有感》："二十年来学作诗，始将平仄费心思。遣词寻句推敲细，行韵听音斟酌迟。境阔意深因阅历，性真情切见才知。晨昏用尽终无悔，一点精诚总是痴。"

关于回文诗，我也写过两首，到不了七律回文的水平，勉强算是五古。其中有一首《夏至回文诗》："荷风满塘西，夏至雨霏霏。鹅白小掌红，浓情两依依。"

中华诗词群峰耸立，我虽入宝山，恐怕还只站在山脚仰望，而格律诗是又一高峰。但我想只要肯攀登，总能攀至山顶，看一片开阔亮丽的风景。

哪怕从"满江黑"开始。

始将平仄费心思

小令"浣溪沙"

浣溪沙

漠漠轻寒上小楼，晓阴无赖似穷秋。淡烟流水画屏幽。
自在飞花轻似梦，无边丝雨细如愁。宝帘闲挂小银钩。

——秦观

小令"浣溪沙"，如同"鹧鸪天"，是我喜欢的词牌。

这两个词牌虽然短小，却兼及豪放、婉约，长于在明快节奏、琅琅音韵中抒写情致。而能以寥寥数语出韵味、见意境、表情思、动人心者，就更显大家功力。写过"浣溪沙"的人很多，秦观的这一首，可谓《淮海词》（秦观词集）中小令的压卷之作。

秦观，字少游，词以婉约居多，著名者如《鹊桥仙》"两情若是久长时，又岂在朝朝暮暮"。他是苏门四学士之一，苏轼称其怀屈宋之才。民间有杜撰秦少游和苏小妹的爱情故事，说苏小妹新婚之夜三难新郎，出了"闭门推出窗前月"的上联，少游在苏东坡的帮助下才完成"投石冲开水底天"的绝对，从此才子佳人幸福圆满。

可惜现实终究不是故事，往往面露狰狞。

历史上的秦观，仕途不顺屡遭贬谪，一生颠沛境遇坎坷，从他的一些词作中可以看到。比如，他贬谪湖南郴州时写的《踏莎行》，王国维评其"可堪孤馆闭春寒，杜鹃声里斜阳暮"句，说："少游词境，最为凄婉，至'可堪孤馆闭春寒，杜鹃声里斜阳暮，'则变而凄厉矣。"

再如，他的两首《江城子》：

"西城杨柳弄春柔，动离忧，泪难收。犹记多情，曾为系归舟。碧野朱桥当日事，人不见，水空流。　韶华不为少年留，恨悠悠，几时休。飞絮落花时候、一登楼。便作春江都是泪，流不尽，许多愁。"

"南来飞燕北归鸿，偶相逢，惨愁容。绿鬓朱颜重见两衰翁。别后悠悠君莫问，无限事，不言中。　小槽春酒滴珠红，莫匆匆，满金钟。饮散落花流水各西东。后会不知何处是，烟浪远，暮云重。"

有时我们喜欢一首诗词，虽未详细了解，却已深入心扉。我一直认为读诗词，好比人与人的相识，一见钟情，也是要有缘分的。

秦观的这首《浣溪沙》，我喜欢它的闲适冷静，寂然孤独。下阕的"愁"字点出了全词的感情基调，但词人借眼前景物于细节处展现了对这种情绪的含蓄克制。你不知道那丝丝缕缕、若有似无的愁绪因何而起，读来却能感同身受。

个人心境，诗意唯美，即便是周而复始再平常不过的景物，也具备动人心魄的能力。

又如，晏殊那首著名的《浣溪沙》："一曲新词酒一杯，去年天气旧亭台，夕阳西下几时回。　无可奈何花落去，似曾相识燕归来。小园香径独徘徊。"一样是凝练文字呈现出的动感画面，一样是不知缘由的独自徘徊，引来同样万千情绪的共鸣。你不得不感叹这三言两语，是如此直入人心。

我从小便有江南情结，喜欢江南的小桥流水和精致的园林。但游人如织，园林里再好的景致也失了些韵味。印象中两次人迹罕至的机会，是冬日的沈园和春日的天一阁。偌大的园子里看不见几个人，时间宽裕中踽踽独行，入目是景，触景生情。

有一阵我写"浣溪沙"，其中有一首《游园》："晚日阴晴碧水柔，芸窗黛瓦月如钩，树高蝉唱意悠悠。　藤月半墙香满径，芭蕉一角绿梢头。悄然伫立小红楼。"

友人看后说写得好，只好归好，却是一种小情调，缺少文学的大格局。我问他什么是文学的大格局，他说了一些，但我总不太明白。

还有一个经常写诗的朋友，几乎每天都会写一首小诗，说要勤加练习数载，以便将来能写出更好的诗，一举成名。我真心佩服他的高产，也认为他的七绝写得不错。但后来他诗风渐变，诗味顿减，遣词用语都没原来精致凝练，有些已和大白话没啥两样。问其原因，说是为了脱胎换骨，打破唐诗宋词的僵局，让我不要嘲笑他的自不量力。

我无语，想对他说其实不是自不量力，而是是否南辕北辙。

凡我心有所感，写些诗词或文章，就觉愉悦。在我看来，诗歌、散文，乃至其他样式的文学创作，不过是情致在胸不得不抒一吐为快而已，如唱歌、舞蹈般自然。古人写诗作文，想必也并非心心念念只为提升自己的写作能力。而文学的功用及创作的初衷，如果太过实际，反而会失去一些最本真的东西。

"菩提本无树，明镜亦非台。本来无一物，何处惹尘埃！"

我曾有过许多不切实际的追求，所幸虽后知后觉，到底没有不知不觉。

也许相遇自有因由，任何缘分的来临都需要时间。引用我另一首《浣溪沙》词的下阕："一众营营何处尽，半生碌碌却从头。始从笔底恣欢游。"

文字于我，是一场并无预设却终究狭路相逢的邂逅。

兜兜转转，我才知此生是为它而来。

小令「浣溪沙」

不须计较与安排

西江月（一）

日日深杯酒满，朝朝小圃花开。自歌自舞自开怀，且喜无拘无碍。　　青史几番春梦，红尘多少奇才。不须计较与安排，领取而今现在。

西江月（二）

世事短如春梦，人情薄似秋云。不须计较苦劳心，万事原来有命。　　幸遇三杯酒好，况逢一朵花新。片时欢笑且相亲，明日阴晴未定。

——朱敦儒

朱敦儒的这两首《西江月》，一见就喜欢。

喜欢词作的明白如话，喜欢词人三言两语间对人生的顿悟。这一生，为着各自的目标，无论我们如何奋发努力、百折不挠，成功与否还得看老天爷是否赏脸。"青史几番春梦，红尘多少奇才"，有雄才大略抱负高远者很多，而用尽劳苦谋事不成的人则更多。人情冷暖旦夕祸福，富贵权势转瞬烟云，都只为世事无常。

无常，就是不可预知。万事万物都在不停地变化，而我们无法先知先觉，所以词人有了"明日阴晴未定"的感叹。一切主观努力，未必能取得意想的结果，个人于自然是那么渺小无助。计较也好，安排也罢，过去已不可追，未来无法预料，能把握的大概只有现在，向名花美酒拼沉醉。

年岁渐长，我认同"万事原来有命"，不以为这是一种消极的想法。深杯酒满、小圃花开、自歌自舞中，其实有着积极的意义：世事无常，唯努力把握现在，以坦然旷达的心态面对人生已有或未来的磨难。

苏轼因"乌台诗案"被贬黄州，禁不住心绪悲凉。他在一首《西江月》中说："世事一场大梦，人生几度秋凉。夜来风叶已鸣廊。看取眉头鬓上。　　酒贱常愁客少，月明多被云妨。中秋谁与共孤光。把盏凄然北望。"更有著名的《卜算子·黄州定慧院寓居作》，寂寞凄冷中以孤鸿自喻："缺月挂疏桐，漏断人初静。谁见幽人独往来，缥缈孤鸿影。　　惊起却回头，有恨无人省。拣尽寒枝不肯栖，寂寞沙洲冷。"

深受皇家赏识的才子沦为罪臣，在京都、杭州等地风风光光做过大官的人，如今在黄州的险山恶水中，做一个没有实权、不得擅自离境等同于被软禁的团练副使。

任谁都要郁闷出一腔血来。

苏轼却在那里完成了自己精神世界的救赎：既不消极避世，亦不执着纠结于自我得失，兼容儒释道，旷达乐观，随遇而安。遂有苏子《赤壁赋》中"物与我皆无尽"的豁然开朗，《定风波》中"一蓑烟雨任平生"的潇洒坦然和"此心安处是吾乡"的超越卓拔。

进退一念，得之不易，受用一世。

黄庭坚，"苏门四学士"之一，江西诗派代表诗人，以诗名与苏轼并称"苏黄"，受苏轼影响牵连，仕途亦颇多不顺。

我最喜欢他的一首《鹧鸪天》和《雨中登岳阳楼望君山》，一词一诗，皆是属意风流放达之作：

"黄菊枝头生晓寒，人生莫放酒杯干。风前横笛斜吹雨，醉里簪花倒著冠。　　身健在，且加餐。舞裙歌板尽清欢。黄花白发相牵挽，付与时人冷眼看。"

"投荒万死鬓毛斑，生入瞿塘滟滪关。未到江南先一笑，岳阳楼上对君山。"

人生既然已多风雨，笑对大概就是最好的态度。

辛弃疾，以豪放词与苏轼并称"苏辛"。年少时，曾率数十轻骑直闯金营，于数万兵士间擒拿叛将，南渡归宋。归宋后向朝廷上《九议》《美芹十论》，希望收复北方沦陷的国土。只是，苟且偷安的南宋朝廷无意北伐，位卑言轻的辛弃疾因此被革除官职，空哀叹"江头未是风波恶，别有人间行路难""但山川满眼泪沾衣"。

辛弃疾归隐闲居，笔下也有闲适美好的生活：

"稼轩日向儿童说，带湖买得新风月。头白早归来，种花花已开。　　功名浑是错，更莫思量着。见说小楼东，好山千万重。"（《菩萨蛮》）

"连云松竹，万事从今足。拄杖东家分社肉，白酒床头初熟。　　西风梨枣山园，儿童偷把长竿。莫遣旁人惊去，老夫静处闲看。"（《清平乐》）

然而旷达豪放的背后，更多忧愁愤懑："今古恨，几千般，只应离合是悲欢。""长恨复长恨，裁作短歌行。何人为我楚舞，听我楚狂声。""从渠去买人间恨，字字都圆。字字都圆，肠断西风十四弦。"

辛词以豪放著称，豪放之下的婉约则于回肠荡气中哀感顽艳：

"近来愁似天来大，谁解相怜。谁解相怜，又把愁来做个天。　　都将今古无穷事，放在愁边。放在愁边，却自移家向酒泉。"（《丑奴儿》）

"客子久不到，好景为君留。西楼著意吟赏，何必问更筹。唤起一天明月，照我满怀冰雪，浩荡百川流。鲸饮未吞海，剑气已横秋。　　野光浮，天宇迥，物华幽。中州遗恨，不知今夜几人愁。谁念英雄老矣，不道功名蕞尔，决策尚悠悠。此事费分说，来日且扶头。"（《水调歌头》）

"唤起一天明月，照我满怀冰雪"，是何等让人惊艳的词句。而其愁恨处皆家国天下，故作闲适的背后是北伐无望、壮

87

不须计较与安排

志难酬的痛苦和悲天悯人、消除不尽的赤子之情。

拳拳令人肃然起敬。

辛弃疾最大的愿望是为一武夫，金戈铁马奔赴抗金战场，让沦陷的国土和国土上的百姓重归版图与家园。而现实却令他弃刀拾笔，写出了六百余首词作以抒怀抱。

英雄无路，热血悲凉。

他终一生未能实现自己的愿望，历史车轮碾过，已然九州同。

幸好还有诗词，抚慰他不得畅快的人生。一介武夫，因此成就为一代词坛大家，千余年来，光芒流长。

说这些，无非是想下这样的结论：尽管挫折难免，或许磨难重重，当人生悲苦、世事无常之际，依然要秉持初心，于乐观旷达中坚持自我。这一生，做自己想做的事，努力到极致。

纵然万事有命，劳苦自甘我心。况有名花美酒，亲情爱情友情。

得失勿念，奋勇向前，灿烂的精神里必有灿烂的生命之花。

不须计较与安排，余下的就交给老天决定。

《满江红》与《小重山》

满江红·写怀

怒发冲冠，凭栏处、潇潇雨歇。抬望眼，仰天长啸，壮怀激烈。三十功名尘与土，八千里路云和月。莫等闲，白了少年头，空悲切。　　靖康耻，犹未雪。臣子恨，何时灭？驾长车，踏破贺兰山缺。壮志饥餐胡虏肉，笑谈渴饮匈奴血。待从头、收拾旧山河，朝天阙。

满江红·登黄鹤楼有感

遥望中原，荒烟外、许多城郭。想当年、花遮柳护，凤楼龙阁。万岁山前珠翠绕，蓬壶殿里笙歌作。到而今、铁骑满郊畿，风尘恶。　　兵安在？膏锋锷。民安在？填沟壑。叹江山如故，千村寥落。何日请缨提锐旅，一鞭直渡清河洛。却归来、再续汉阳游，骑黄鹤。

小重山

昨夜寒蛩不住鸣，惊回千里梦，已三更。起来独自绕
阶行，人悄悄，帘外月胧明。　　白首为功名，旧山松竹
老，阻归程。欲将心事付瑶琴。知音少，弦断有谁听？

——岳飞

"春眠不觉晓，处处闻啼鸟。夜来风雨声，花落知多少"
是我背会的第一首诗，而让我对中国古诗词展开热爱和向往的，
是岳飞的《满江红·写怀》。

读幼儿园的时候，同班的一个小男孩站在教室中央，背诵
他妈妈教给他的诗词。他摇头晃脑地背完，我知道了岳飞和《满
江红》，虽然彼时完全不懂那些抑扬顿挫、慷慨激昂的词句是
什么意思。

我第一次惊讶于诗词可以这么好听，宛若一首高低起伏、
回肠荡气的歌曲。

读小学的时候，听刘兰芳的评书《岳飞传》。每天傍晚六
点半，捧着饭碗打开收音机。总觉得那半个小时过得太快，结
束时每每被吊足胃口。知道了岳飞和岳家军的故事，知道了岳
母刺字和精忠报国，恨透了那个大奸相秦桧。小小年纪的自己，
因此有了强烈的爱憎与是非感。

后来读岳飞的《小重山》和他另一首《满江红》，惊叹于
他的全才。

"撼山易，撼岳家军难"，他是武将，能令金兵闻风丧胆。豪放有《满江红》，婉约如《小重山》，手书"还我河山"，笔力很是不凡。文武双全，忠孝两得，简直是成功教育的典范。

只是，皇帝主和，他主战。

是他站错队，表错情。纵然要雪靖康耻，纵然要消臣子恨，又怎能不迎合圣意。他忧国忧民，不忍见国土沦丧，民不聊生。可皇帝只要君权在手，及时享乐，尽此一生。江山万里，人寿几何，这仗打得朕头疼，都歇歇不行吗？况每朝每代，总有些十分善于揣摩上意的佞臣，什么家国天下、流芳百世，但握紧一世荣华，哪怕遗臭万年。杰出者如秦桧。

内有权臣，将安能立功于外？不遇圣主，注定是明珠暗投，有酒难浇胸中块垒。北伐中原直下十余州郡如何，朱仙镇"直抵黄龙府，与诸君痛饮尔"又如何？完颜宗弼被岳飞打得落花流水，准备撤出开封，中原恢复就在眼前，十二道"措置班师"的金牌，却一道比一道紧急而来。

岳飞哭了：十年之功，废于一旦！

等着他的还有大理寺的冤狱，等着他的还有风波亭。

三更惊梦，黯然千里。夜深月明，徘徊往复。读他的《小重山》，当时只觉含蓄婉约，读不透那前路被阻、归途也无的苍凉心绪。纵"怒发冲冠，壮怀激烈"，纵"壮志饥餐胡虏肉，笑谈渴饮匈奴血"，纵有心"收拾旧山河"，奈何，奈何朝廷不是他的知音。"兵安在，膏锋锷。民安在，填沟壑。叹江山如故，千村寥落。何日请缨提锐旅，一鞭直渡清河洛。"十分期盼，百般无奈，千重悲伤，万种辛酸，生生将那满怀豪情磨折成一腔婉转。

岳飞冤狱时，同为南宋中兴四将的韩世忠为他鸣不平。秦桧说："其事莫须有。" 韩世忠道："'莫须有'三字，何以服天下？"

只有良将同甘共苦，只有忠臣肝胆相照，只有英雄惺惺相惜。

想起家里那本纸张零落的《越剧小戏考》，最喜欢徐进先生《金山战鼓》里韩世忠的唱词："抑不住悲愤满胸，一纸奏章达九重。臣虽庸才心许国，困敌十万秉忠勇。几求援兵无消息，却原来陛下是忍辱偷安求和戎。臣不忍父老泪眼望旌旗，更感那万民赤胆保大宋。若不歼敌黄天荡，愧国愧民愧祖宗。臣以为忍辱议和不可从，乱臣贼子不可用。抗敌战鼓不可息，数万胡骑不可纵。为臣是期于必战心如铁，头可断而志不动。韩世忠愿请抗命犯上罪，决不受亡国亡家切肤痛。"

鏖兵黄天荡，击鼓战金山。一样的爱国热忱，一样"收复中原，还我河山"的气概，一样谥号"忠武"。只不过一个热血空洒，一个侥幸善终。

岳飞虽死，浩气长存。墓前佞臣跪伏千载，天日毕竟昭昭。

孙中山先生说，岳飞魂，是中华民族的精神代表，也就是民族魂。

杭州栖霞岭南麓，夕阳下、回眸处，青山有幸埋忠骨。

曾是惊鸿照影来

沈园

城上斜阳画角哀，
沈园非复旧池台。
伤心桥下春波绿，
曾是惊鸿照影来。

钗头凤

红酥手，黄縢酒，满城春色宫墙柳。东风恶，欢情薄，一怀愁绪，几年离索。错、错、错。　　春如旧，人空瘦，泪痕红浥鲛绡透。桃花落，闲池阁，山盟虽在，锦书难托。莫、莫、莫！

——陆游

陆游一生留诗近万首，大多豪放雄浑，颇有谪仙风骨，故有"小李白"之称。能显其柔肠婉约悱恻情怀的，当推他的一些沈园诗。读陆游的沈园诗，总让人有不胜唏嘘之感。

　　诗言志，一首好诗词总是承载着最真挚的情感。陆游的沈园诗，是他对唐琬最真切的爱恋和最深沉的怀念。因其情真意切，故句句皆能撼动人心。

　　陆游和唐琬的故事几乎家喻户晓，因为这著名的爱情悲剧，我先读到了《钗头凤》。印象最深的莫过于那两个被重复了三遍的字——"错、错、错""莫、莫、莫"，是怎样一种痛悔、遗憾和无奈，我慨叹文字使人感同身受的魔力。

　　无非是又一出"孔雀东南飞"，婆媳不和导致夫妻仳离，其后各自婚娶。陆游续娶王氏，唐琬离了陆游，赵士程珍而重之娶为正妻。赵士程乃皇族宗室，然十年赤诚温柔以待，终敌不过陆游即兴挥毫一首《钗头凤》。唐琬和《钗头凤》词不久抑郁而亡，赵士程终身不再娶。

　　故事终究走到十分悲凉的结局。原来再雄心壮志慷慨激昂死生不问的人，也不得不屈从于封建礼制的约束。能力主恢复、抵触当朝宰辅的陆游，却不敢在自己母亲面前为唐琬争一席之地。

　　人言恨一人不争，误三人之终生。但或许，不过是一场宿命。

　　那年冬日独自去沈园，午后的园子冷冷清清。游园，最妙人迹罕至，一水一阁、一花一石、一草一木，才显情致无边。

沈园并不大，石径曲折，豁然开朗，一汪绿水，静静无波，几缕枯枝，频现凄凉况味。

踏上石桥，自然想到了陆游的那首《沈园》诗："城上斜阳画角哀，沈园非复旧池台。伤心桥下春波绿，曾是惊鸿照影来。"

四句皆写景，景中皆含情。

中学时读这首诗，其实体会不出年少夫妻如花美眷的缠绵旖旎，后来才慢慢懂得，当曾经的蜜意柔情一去不回消散无踪，那些从前携手走过的地方、看过的景物，哪怕再寻常普通，也能撩动起最真切痛楚的记忆。斜阳画角、亭台池阁、春水桥廊，这个越中名园里的一切，添人愁绪，引人追念。那种恍若一梦、物是人非，乃至人物皆非的彷徨和感伤，是如何触目惊心得令人柔肠寸断。

这样的情绪在陆游的沈园诗里俯拾皆是。

不幸的唐琬在沈园重逢陆游不久后香消玉殒，而更为不幸的是困守在沈园爱情绝唱里的陆游。这一生，他心系家国、胸怀天下、满腔豪情，四十年后却依然在那段无尽的情殇中流连顾盼、浅斟低吟。他说："梦断香消四十年，沈园柳老不吹绵。"他道："唤回四十三年梦，灯暗无人说断肠。"他叹："也信美人终作土，不堪幽梦太匆匆。"

很小的时候看过电影《钗头凤》，几乎没有印象。后来看顾锡东编剧、茅威涛主演的越剧《陆游与唐琬》，印象深刻。尤其是陆游和唐琬的沈园重逢，茅威涛唱演俱佳，因为感情的到位。

那个有志"上马击狂胡，下马草军书"的沧桑男子，一袭青衫，腰悬长剑，缓步而来："浪迹天涯三长载，暮春又入沈园来。输与杨柳双燕子，书剑飘零独自回。"而那一双红酥手，执了黄藤酒，酒尽杯干，入了谁的咽喉。酒中含泪，化了剧毒，痛得人心肺肝肾，支离破碎。

我有些触目伤情地回到题诗壁前，冬日午后的空寂沈园，唯余我和一对正拍摄婚纱照的青年男女。

我的目光在壁间两首《钗头凤》和一对情侣间流转，想陆游与唐琬也有年少缠绵、恩爱相携的甜蜜时光。新婚宴尔的他们，吟诗联句，琴剑和鸣，流连池台，相依相挽。他们一起采摘菊花，缝制菊花枕芯，写就菊花诗，曾经是羡煞多少人的情意绵绵。而这样的爱，终究是他陆游先放了手。之后的无限追思和无尽追悔，其实于人于己已没有意义。

人间万事消磨尽，只有清香似旧时。

当最初的那一缕香气枕在脑下，盈于怀抱，留存襟袖之际，有没有想过这一生都当殷勤呵护，不离不弃。

世间之爱，得之应珍惜，护之当坚韧。相爱的道路上，永远都需要坚持和勇气。

当然，想想我们所处的时代，不知比他们幸运了多少。

此心到处悠然

西江月

问讯湖边春色，重来又是三年。东风吹我过湖船。杨柳丝丝拂面。　　世路如今已惯，此心到处悠然。寒光亭下水如天。飞起沙鸥一片。

——张孝祥

这首《西江月》是我读书时代就很喜欢的词。

作者张孝祥，南宋著名词人，人评其词豪迈如苏轼。

张孝祥乃爱国忠愤之士，他二十出头进士及第所做的第一件事，就是为岳飞上疏喊冤。他人物风流，操守有节，力主北伐恢复中原。从他的词作中，便可见一斑。

比如，他的这一首《浣溪沙》："霜日明霄水蘸空，鸣鞘声里绣旗红，澹烟衰草有无中。　　万里中原烽火北，一尊浊酒戍楼东。酒阑挥泪向悲风。"沉痛真挚，于小令中诉尽对半壁河山沦陷的深切哀伤。

还有那长歌一阕荡气回肠读来令人泪下的《六州歌头》："长淮望断，关塞莽然平。征尘暗，霜风劲，悄边声。黯销凝。追想当年事，殆天数，非人力，洙泗上，弦歌地，亦膻腥。隔水毡乡，落日牛羊下，区脱纵横。看名王宵猎，骑火一川明。笳鼓悲鸣。遣人惊。 念腰间箭，匣中剑，空埃蠹，竟何成。时易失，心徒壮，岁将零。渺神京。干羽方怀远，静烽燧，且休兵。冠盖使，纷驰骛，若为情。闻道中原遗老，常南望、翠葆霓旌。使行人到此，忠愤气填膺。有泪如倾。"

欲击楫中流，叹英雄终无用武之地，腰间箭、匣中剑空生尘蠹，一腔热血因朝廷不思战备苟安求和而枉自沸腾。男儿有泪不轻弹，只缘未到伤心处。义愤填膺之际，亦不免泪下如倾。时，张孝祥任建康留守，席间赋此词，悲歌慷慨，抗金名将张浚为之罢席而去。《六州歌头》遂成为张孝祥的代表作，也是其存世两百多首词作中的时代最强音。

很难相信这样一个心怀家国天下的人，会在河山未复、壮志难酬之时放任行径，纵情山水，心无挂碍，到处悠然。所以，这首《西江月》不禁让人揣测，他无非是如辛弃疾般喊了声"却道天凉好个秋"，无非是在那明媚春光中寻求一丝心灵的慰藉。

"已是人间不系舟，此心元自不惊鸥，卧看骇浪与天浮。对月只应频举酒，临风何必更搔头。暝烟多处是神州。"那个时代，凡主战之士，大抵过得都不如意。所以，不得已，看不开也装作看开了吧。陆游如是，辛弃疾如是，张元干、刘克庄、刘辰翁、刘过、陈亮等俱如是。

张孝祥的倜傥英姿和赤子情怀淹没在了南宋柔弱绵软的西湖歌舞中。他短短几十年的生命，留下词作百首，品格高洁，性情纯粹，如其名句"人间奇绝，只有梅花枝上雪"。而"世路如今已惯，此心到处悠然"亦流传千载，成为很多人一生所求的境界。

　　我虽也很想有那份"悠然"心态，实际却相去甚远。一番营营，十年碌碌，直到我拿起笔，静下心，才慢慢有所启发，才仿佛真正得了些皮毛。

　　人哪有不犯错，知错不贰过何必再存心结。这个世界没有绝对的公正，如同物理中没有绝对的静止。万事万物总在不断变化，不平等才是一种常态。荣辱得失、输赢成败、辜负与被辜负，自不必左右衡量，精确计算。

　　人情冷暖，如鱼饮水。世事无常，因缘际会。唯怀感恩之心，坦然面对。

　　之所以喜欢诗词，是因为我在诗词中得到很多美好而深刻的东西，在体验真善美的同时，不断完善着一个令我满意的自己。独处时不寂寞，喧闹中不迷失，内心坚定安适，情感丰富真挚。

　　这就是诗词给人的力量。

　　白云苍狗，沧海桑田。千载之下，我们依然可以通过这些凝练美丽的词句，触摸到那些真实可贵的灵魂，获得华夏精神文明的丰厚滋养。

　　这也是中国传统文化需要代代传承的原因。

词风有婉约、豪放之分，张孝祥上接苏轼，下携辛弃疾，被归入南宋豪放一派。但其实"无情未必真豪杰，怜子如何不丈夫"，像"苏辛"一样所谓豪放派词人，多有无比婉约的佳作，纯以某派冠之并不妥当。

　　我们再来看张孝祥的一首《临江仙》："试问梅花何处好，与君藉草携壶。西园清夜片尘无。一天云破碎，两树玉扶疏。

　　谁撅昭华吹古调，散花便满衣裾。只疑幽梦在清都。星稀河影转，霜重月华孤。"

　　是否清丽雅致，意境深远，情愫频生？

　　喜欢其人其词，表里俱澄澈，肝胆皆冰雪。

红萼无言耿相忆

暗香

旧时月色，算几番照我，梅边吹笛。唤起玉人，不管清寒与攀摘。何逊而今渐老，都忘却春风词笔。但怪得竹外疏花，香冷入瑶席。　　江国，正寂寂。叹寄与路遥，夜雪初积。翠尊易泣，红萼无言耿相忆。长记曾携手处，千树压、西湖寒碧。又片片、吹尽也，几时见得？

——姜夔

姜夔词清空骚雅，除了他的自度曲《扬州慢》，著名的还有歌咏梅花的《暗香》和《疏影》。

有人说姜夔之《暗香》乃自感身世沉浮，也有人说是其怀念情人之作，还有人说词中实有黍离之悲。诗无达诂，读者其实很难触及作品灵魂的最深处，如果作者再刻意隐晦闪烁其词的话。《暗香》中让我印象最深刻也最喜欢的一句是"红萼无言耿相忆"，睹物思人、触景生情、伤今悼往之心绪清晰可见。

梅花，象征高洁，是中国古典诗词里常被歌咏赞赏的对象。写梅花的诗词很多，姜夔的这一首清丽脱俗，情深意远，稳占一席。月色、梅笛、夜雪、西湖、江南之地，词中意象无不撩人襟怀，使人不觉随其笔下词句追思怀想，如临其境。

读幼儿园时，我曾因病在家休养了大半年。病愈回归，一切都变得有些陌生。第一天的美术课画梅花，发下来的铅画纸上有老师事先用褐色水彩画好的枝干和黄色水彩点好的花蕊，小朋友们要做的就是用手指蘸了红色水彩点画花瓣。

老师没来得及准备我的那份，我孤零零地坐着，看别的小朋友兴趣高昂，画得不亦乐乎。

忽然，班上有个小男孩举手说愿意和我一起画。老师点头同意，他拿了画纸、搬着他的小凳子坐到我身边。我俩分工合作，他用食指在黄色的花蕊边抹开五片花瓣，我用小指在褐色的枝条上点出一个个花苞。

生病的时候，父亲常带我去公园呼吸新鲜空气，我记得那些梅树上好看的花苞的样子。有一朵梅花，由我们共同点画，开在最高的枝头，鲜艳无比，灼灼其华。

我们画得过于认真，衣服和脸上沾了水彩也不自知。老师笑着给我们擦了很久，说这是全班画得最好的一幅梅花。

从此，我对梅花总有些特殊的情感。小学五年级，从没学过国画的我循着记忆，用墨汁和红黄颜料无师自通地画了一幅梅花，被老师表扬，放在学校的橱窗里展览了一阵。我原打算将那画好好收藏，可最终也不知去向。

那一样是一树开满了整张纸的梅花，疏影横斜，暗香浮动，片片红萼，仿佛即时鲜活。

红萼无言耿相忆，怎不叫人抚今追昔叹流光。

旧家在五楼，南北通透，阳光充足，有前后两个阳台。北阳台对着我的幼儿园，南阳台可以看见我的小学。如今，该是能在那里望见世博园了。

父亲喜欢在阳台上种各式各样的花，盆盆罐罐，红绿相间。

读初中的时候，同学送了我几粒牵牛花的种子。父亲在阳台上拉起两根细绳，夏天，铺满半个阳台的茂密绿叶里便有了许多蓝色的花朵，真正是"一帘幽梦"呀。我其实喜欢紫红色的大喇叭花，心心念念希望能开出这样的来，可惜一朵也没有。后来学郁达夫《故都的秋》，他以为牵牛花蓝色或白色为佳，于是知各花入各眼。

阳台上有几盆茉莉绽放着白色小花，还有如珍珠般打着苞的花骨朵，簇簇团团隐在片片绿叶间，香气扑鼻。含羞草最好玩，轻轻一点就会收拢起细小的绿叶。我常常会耐心地等那些叶子完全张开，再重新点一个遍。父亲种得最多的是月季，红色艳丽，粉色娇嫩，还有一种能变色的，我仔细观察写了篇作文，得了个高分。

阳台的角落里曾有一盆很不起眼的植物，从来都不见开花。到了冬天，长长的条状茎叶垂下来，奄奄一息的模样。我想它一定是被父亲遗弃了的花草，不想某个春夜，小盆里居然开出

红萼无言耿相忆

一朵硕大无比的花来。

那真是我见过的最漂亮的花。

彼时家里没有相机，我只得用眼睛拼命记录它美丽的样子。我甚至找不到合适的词汇去形容它的颜色，接近于洋红或者桃红，浓郁纯粹，是我从未见过的鲜艳夺目的色彩。嫩白或是嫩黄的细长花蕊丝丝飘垂，那硕大的红朵，就像一个着了滟滟红裙敛眉低首的绝色女子，亭亭玉立，光华四射，含笑不语。

那天夜里我看着它慢慢开放到最绚丽的状态，舍不得上床睡觉。第二天早上起来，花已经谢了。我陡然一惊，想这莫非就是传说中的昙花，跑去问父亲，父亲说这叫令箭荷花。我查了资料，才知道它是昙花的近亲，同属仙人掌科，难怪姿态习性如此相像。

阳台上的花盆多得摆放不下的时候，父亲便心思巧妙地在阳台栏杆的间隙里种了许多宝石花，如今就是所谓时髦的多肉植物。

父亲用石棉板加水泥在阳台栏杆的底部砌了一排小槽，每个槽里添些土，插上一片宝石花的花瓣。那花很好养活，不需怎么侍弄便一个个茁壮成长，以至于小小的凹槽都快容纳不下它们的身躯。它们齐齐探身向外，每次我放学回家，一抬头就能从整幢房子里寻见。我很自豪地指着那一条花带告诉老师和同学："看，那底下有一排宝石花的就是我家。"

那一条花带，不管风吹雨打、夏热冬寒，成了我家醒目的标志和亮丽的风景线，直到成都路高架桥工程的动迁。

那一年，我读高三。

我一直很满意自幼儿园时就搬来的家，虽然不算大，但我挑不出它的毛病。我成长于斯，满心热爱着它，不想搬离。

依依不舍的东西太多，连楼下街道清真店里那碗吃了多年放着蒜叶的牛肉面亦陡然叫人可惜。但无论多么不舍，我们也只得搬走。

分配的动迁房还没造好，我们要自己去找过渡的房子。搬家的时候，那条宝石花带还在阳光里昂扬。大多数的花留在了阳台上，还有那只被它们吸引飞来后没有离去的小鸟，我养了它很久，最后也只得送人。那时那刻的父母，能找到一间可以容身的临时房已是不易，实在没有地方和精力再去侍弄它们了。

那一场大动迁涵盖了四个区，一万八千户人家，十万市民，九百多家单位。

后来搬进新房，收到成都路高架工程建设指挥部赠送的一把"金钥匙"，感谢我们为市政工程所做的贡献。

只要车子行驶在成都路高架上，我就会情不自禁地去探寻旧家的踪迹。高架桥只在旧家的一侧擦身而过，旧楼的废墟上建起了更高更贵的商品房。但我从不说那几栋高楼是旧家原来的地方，就当我们将曾经心爱的家园贡献给了那个高架桥吧。

打开红色的木盒，取出那枚"金钥匙"，放在手心里摩挲。通体金色中，钥匙头部的一小块红色分外醒目。盒子里的收藏证书上说这颗"红心"象征着动迁市民支援国家建设的"赤诚之心"，而我越看越觉得那分明是个花瓣的形状，如梅树上曾

红萼无言耿相忆

点画的红萼。

我握紧了它，冰冷的钥匙慢慢有了我的温度。不仅仅是温度，这上面还该有我稚趣的童年、纯真的少年和昨日青涩美好的华年。

那一片浓郁艳丽的红，终究在我眼前晕染到无边无际。

很多东西，我其实已不愿去回忆，却偏偏不能忘记。那些旧有的时光，时光里的人和事，总是无声无息地萦绕着自己，叫人沉迷。

仿佛那一阕词，在轻扬的笛声中隔水而来：

"江国，正寂寂。叹寄与路遥，夜雪初积。翠尊易泣，红萼无言耿相忆……"

说说“鹧鸪天”

鹧鸪天·元夕有所梦

　　肥水东流无尽期，当初不合种相思。梦中未比丹青见，暗里忽惊山鸟啼。　　春未绿，鬓先丝，人间别久不成悲。谁教岁岁红莲夜，两处沉吟各自知。

——姜夔

鹧鸪天·代人赋

　　晚日寒鸦一片愁，柳塘新绿却温柔。若教眼底无离恨，不信人间有白头。　　肠已断，泪难收，相思重上小红楼。情知已被山遮断，频倚阑干不自由。

——辛弃疾

鹧鸪天·西都作

我是清都山水郎，天教分付与疏狂。曾批给雨支风券，累上留云借月章。　　诗万首，酒千觞。几曾着眼看侯王？玉楼金阙慵归去，且插梅花醉洛阳。

——朱敦儒

几个常见的词牌，"鹧鸪天"是我比较喜欢的一个。五十五字，双调短小，虽是词中小令，却能兼容各种题材，婉约豪放，可咸可甜。

"鹧鸪天"的词牌名，据说出自唐人郑嵎的诗"春游鸡鹿塞，家在鹧鸪天"，有宋一代很是流行，填者众多，佳品辈出。

姜夔的这首《鹧鸪天·元夕有所梦》是思人之作的典范。下阕的"人间别久不成悲""两处沉吟各自知"堪称名句，片言只语，道尽了有情人的相思与无奈。

辛弃疾的《鹧鸪天·代人赋》一改其豪放风格，柔媚婉约。名句如"若教眼底无离恨，不信人间有白头"，同样写尽离情别恨、相思况味。

只"代人赋"未必真的是代人赋。自屈原始，"香草美人"就是忠君爱国的象征。辛弃疾极可能是借他人杯酒，浇心中块垒，抒发其对北方沦陷之地的思念，以及无法实现政治理想的苦闷。

"主战"的他在"主和"的南宋朝廷仕途不顺，屡受排挤与打压。深重浓烈的愤懑愁苦难以言说，所以才有"却道天凉好个秋"，感慨"江头未是风波恶，别有人间行路难"，更在这首《鹧鸪天》中，以女子的形象和口吻委婉含蓄地表达。

朱敦儒的这首《鹧鸪天·西都作》则豪放疏狂，直抒胸臆。西都，即洛阳，此词写于他从京师辞授学官返回洛阳后。"诗万首，酒千觞，几曾着眼看侯王"句傲视权贵，气概非凡，令人过目难忘。

朱敦儒被称"词俊"，他的一首《相见欢》我也很喜欢："金陵城上西楼，倚清秋。万里夕阳垂地大江流。 中原乱，簪缨散，几时收？试倩悲风吹泪过扬州。"词风凄怆深沉，和《鹧鸪天·西都作》已然不同，却同样自然流畅，明白如话，感情真挚。

"鹧鸪天"在宋代常用词调排行榜上名列第三。除了以上经典的几首，还有李清照的咏物（桂花）"暗淡轻黄体性柔，情疏迹远只香留。何须浅碧深红色，自是花中第一流"，黄庭坚的放达"黄菊枝头生晓寒，人生莫放酒杯干。风前横笛斜吹雨，醉里簪花倒著冠"，贺铸的悼亡"重过阊门万事非，同来何事不同归。梧桐半死清霜后，头白鸳鸯失伴飞"，张炎的思乡"楼上谁将玉笛吹，山前水阔暝云低。劳劳燕子人千里，落落梨花雨一枝"，和苏轼的闲适"林断山明竹隐墙，乱蝉衰草小池塘。翻空白鸟时时见，照水红蕖细细香。 村舍外，古城旁，杖藜徐步转斜阳。殷勤昨夜三更雨，又得浮生一日凉"。

贺铸的《鹧鸪天》词悼念亡妻，情深意切，动人肺腑，故而"鹧鸪天"又名"半死桐"。

晏几道的小山词中有十九首《鹧鸪天》，著名者如"彩袖殷勤捧玉钟""小令尊前见玉箫""醉拍春衫惜旧香"，并以"彩袖殷勤捧玉钟"词为"鹧鸪天"的定调。

辛弃疾也有豪放风格的《鹧鸪天》——"壮岁旌旗拥万夫，锦襜突骑渡江初。燕兵夜娖银胡䩮，汉箭朝飞金仆姑"。只报国无门，壮志难酬，"却将万字平戎策，换得东家种树书"。

同样慨叹英雄无用武之地的陆游，亦作《鹧鸪天》道："元知造物心肠别，老却英雄似等闲。"读来令人唏嘘。

一首诗词，打动人心无非真切二字。我由此习作了三首《鹧鸪天》：

鹧鸪天

霜雪江南人语迟，暮鸦啼过远山知。四弦弹彻银蟾冷，一阕歌成闻者痴。　　寻旧事，道相思，山河别梦觉来时。而今心绪当年诺，几度良宵风露滋。

鹧鸪天·记梦

昨夜梦中频遇卿，盈盈一笑最含情。并肩携手流连久，拂柳分花顾盼行。　　春水绿，散浮萍，无言更似语叮咛。夕霞长照晴空满，又见朗朗新月明。

鹧鸪天

　　煮酒围炉任逸思，极寒天气冻霜时。西风怒啸飞黄叶，冬日微融照褐枝。　　思悄悄，意迟迟，传情字字见君痴。千金纵是千般好，不及家中坐读诗。

说说「鹧鸪天」

红了樱桃，绿了芭蕉

一剪梅·舟过吴江

　　一片春愁待酒浇。江上舟摇，楼上帘招。秋娘渡与泰娘桥，风又飘飘，雨又潇潇。　　何日归家洗客袍？银字笙调，心字香烧。流光容易把人抛，红了樱桃，绿了芭蕉。

——蒋捷

　　蒋捷的这首《一剪梅》自然流畅，音韵和谐。首句"一片春愁待酒浇"直抒胸臆，婉约词风中亦有豪迈之气。末句"流光容易把人抛，红了樱桃，绿了芭蕉"，将时光易逝、容颜易老的感慨，于自然景物的变化中娓娓道来，更是神韵迭出。

　　春愁、流光、美酒、佳人，读这样的词，总不免叫人心旌摇曳。

　　生命旅程中，谁没有对四季景物和人生经历的感悟呢？只不过有人知觉敏锐，有人体悟迟钝，有人善于表述，有人懒于诉诸笔端而已。

上海的天气越来越不四季分明，寒暖倏忽，仿佛只存了两端。我亦越发无感于季节的轮转，只偶尔计算这一年的日子又是怎样快速模糊地过去。不免怀念中学时代的自己，是那样敏锐热切地感受着一年四时的风景和更替。

春天，我从校园的花树下经过，看枝头红绿，满眼灼灼。

端午，煮粽子吃咸鸭蛋，我会在床头挂上香袋，憧憬着夏日的到来。因为夏日有悠长的假期，可以穿好看的连衣裙，有冷饮和汽水，还有独属于那个季节的草木馨香，弥漫在雨后清新的空气里。

秋高气爽的日子，我时常在学校操场举目远望，向蓝天白云寻找"晴空一鹤排云上，便引诗情到碧霄"的怡人心绪。随着校园梧桐树叶由绿变黄、飘落殆尽，我便在迎面的寒风中闻嗅到深秋的气息。

冬天，大家窝在教室里，看一抹暖阳斜照进窗子，长长投射于黑板。那时的冬季一定有雪。上课的日子遇到雪积起来，我兴高采烈地加入男生打雪仗的队伍，捡起地上的雪团了又团，嗖地偷袭到某人头上，然后迅速逃回教室去。

眼中四季，指尖流光，这是怎样一个色彩缤纷的校园啊。

还有我那已仿如前世邈远的春愁。

一年春游，学校组织上午看电影，下午到公园自由活动。我坐在电影院里，黑暗光亮中只希望电影不要结束，因为某人正坐在我身后的位子。

电影散场，我和两个女生在公园的樱花树下聊天，东张西

红了樱桃，绿了芭蕉

望，心不在焉。我围着公园转了几圈，满心希望能有个不期而遇。

我那时的一片春愁，就在午后的春花烂漫中摇曳，任岁月流逝，媚惑着之后任何年龄的自己。我其实很少回忆，因为回忆总不免沉醉往昔。

这样的沉醉用酒来解其实不错，而我能用来浇愁的，大概只有文字。

想起蒋捷还有一首《虞美人·听雨》："少年听雨歌楼上，红烛昏罗帐。壮年听雨客舟中，江阔云低、断雁叫西风。 而今听雨僧庐下，鬓已星星也。悲欢离合总无情，一任阶前、点滴到天明。"时过境迁，感受自不相同。于我而言，那些不可复制的少年情怀，便是我的昨日华年。

又一年的春游，我坐在公园的亭子里，匆匆翻阅了一本琼瑶的小说。书中的人物和情节至今已完全想不起来，只记得书名叫《寒烟翠》，因着范仲淹那首柔媚的《苏幕遮》："碧云天，黄叶地，秋色连波，波上寒烟翠。山映斜阳天接水，芳草无情，更在斜阳外。 黯乡魂，追旅思，夜夜除非，好梦留人睡。明月楼高休独倚，酒入愁肠，化作相思泪。"

彼时春风和煦，阳光明媚。我偶尔从书中抬头，远处是小伙伴们欢快嬉戏的身影。据说那日事件颇多：有同学不慎湖边落水，师生奋力相救传为美谈。有年级不同班之男女同学树下聊天，被戴着如啤酒瓶底厚的眼镜片的年级组长当场"捉住"。此事版本尤多，后于各班秘密流传。

传说中的男主角后来与我同班，恰坐在我后排。一次课间，大家起哄让他从实招来。他红了脸倒也坦然，说老师当日就叫了家长，他爸到学校二话没说，抬手就给了他一巴掌。我们咋舌，问后来怎样。他说还能怎样，写了份深刻的检查不了了之，连着他和她的那份情意。他说："我喜欢她，就想和她说说话，哪有他们说得那样严重，害得我们连同学都要做不成了。"

我相信他的话，虽然在我们读书的年代，这已是严重出格的举动。所以，在所有的爱恋中，我最怀念学生时代的情感。

那个时候，上学是如此快乐，可以天天和喜欢的朋友见面，道路以目，彼此心照不宣。也有热心同学帮忙传递消息，其间误会猜疑难免。同窗数载，连手都不曾牵过一回。

过程漫长细腻，临了没有结局。但就是这种毫不功利超越世俗柏拉图似的纯真感情，唯美到极致，让人永久怀念。

只是怀念。

红了樱桃，绿了芭蕉，转眼已过去了多少年？

停不了的风雨，浇不灭的春愁。唉，谁又能挽住那些许的流光呢？

红了樱桃，绿了芭蕉

待招来，不是旧沙鸥

八声甘州

辛卯岁，沈尧道同余北归，各处杭、越。逾岁，尧道
来问寂寞，语笑数日，又复别去。赋此曲，并寄赵学舟。

记玉关踏雪事清游，寒气脆貂裘。傍枯林古道，长河
饮马，此意悠悠。短梦依然江表，老泪洒西州。一字无题
处，落叶都愁。　载取白云归去，问谁留楚佩，弄影中
洲？折芦花赠远，零落一身秋。向寻常、野桥流水，待招
来，不是旧沙鸥。空怀感，有斜阳处，却怕登楼。

——张炎

　　一直很喜欢张炎的这首《八声甘州》。在所有读过的《八
声甘州》里，我认为它是写得最好的，比柳永的"对潇潇暮雨
洒江天"还要好。喜欢的原因是其长歌缓抒、清空悠扬、高吟
低唱中蕴含了对故国故人的无限深情。我一直认为一首好诗词

除了内含的思想和情感，词句与音韵也很重要，二者合一才最显诗歌文字的魅力。

初读这首长调在梁羽生的小说《侠骨丹心》里，那时我小学六年级。如同我在幼儿园听同班的小朋友背诵《满江红》，哪里能完全体会词人委婉迂回、欲说还休的一番情愫。一见钟情，无外乎是对词句音韵、表情达意最本能的感受。

人和人对文字的感受力并不相同，很多年后我才觉得自己可能在这方面有些天赋。而自孩童始对诗词戏曲的喜爱，以及后来于小说类闲书的追捧，大概便是我的文学基础和启蒙。

先看的是琼瑶的小说，印象较深的有《却上心头》。后来看梁羽生和金庸的武侠，尤其是梁羽生书里俯拾皆是的诗词，愈加引发我浓厚的兴趣。其实，有人物就有感情，小说不外乎言情。武侠小说中有洒脱无畏的侠义精神，有江湖儿女的缠绵情意，有对国家民族的热爱和忠诚、对知己好友的不负与相惜。这些内容于我三观的形成起了不小的影响，按现在的说法，就是充满正能量。

然而那时，看一本这样的书并不容易。

相比父辈祖辈，我们的生活要幸福太多。相比现在的孩子，我们的童年和少年时期物质依然匮乏。课外书籍的获得通常需要借阅，而图书馆资源有限，便只能向拥书者借。但这也不容易，因为有人不相识，有人不相知，有人干脆就不愿借。所以，那种费尽心思捧册在手的快乐，着实能让人接连几天处于兴奋状态，打了鸡血似的干什么都带劲儿。

待招来，不是旧沙鸥

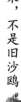

学业枯燥令人疲倦时，放在课桌里的爱书就是强心剂，课间十分钟拿出来翻几页，霎时满血复活。虽然很想把喜爱的书籍占为己有，但借来的东西终归要还，最大限度的保留方式，大概唯有抄书。抄全本自然有难度，于是我就抄目录。每当我看着自己认真抄写的目录回忆书籍内容，便觉亦是一件乐事。

　　最快乐的莫过在周末和假期得到了自己想看的书。那种感觉，譬如，冬日不冷、夏日不热、秋高气爽、春光明媚，总之分外怡神。

　　《萍踪侠影录》《冰川天女传》《侠骨丹心》《再生缘》《红楼梦》《唐祝文周四杰传》……我记得那些书，也记得把它们放在我手里的人。他们都是我的同学，我记得他们的名字和模样，记得和他们一起相处的日子，记得那最是纯真的情意，在我青涩美好的年纪。

　　"同窗三载情如海"，《梁祝》里有这样一句唱词。诚然，这是爱情的感觉。可同学之谊也地久天长，不管我们如何老去，不管这个世界如何改变，那些年我们在一个教室里学习，共同拥有珍贵的回忆。我帮你背过古诗，你教我解过数学题，我给过你一个橘子，你曾借我半块橡皮。多少年后，彼此便成为心中珍视的旧友。于是，我感于"最难风雨故人来"，也喜欢白居易"绿蚁新醅酒，红泥小火炉。晚来天欲雪，能饮一杯无"这样的诗句。

　　但或许期待太多，失落就不少。你想陶然忘机、相对欢喜，偏偏人事已非、措手不及。

若干年后，张炎的这首词叫我深为感慨的，竟是"待招来，不是旧沙鸥"。

这个世界步履匆匆，很多时候难以计较得失、衡量收获与付出的多少，而我们又常常于有意无意间失落了本该珍惜的东西。现在，古今中外的一般书籍，只要我想，大抵都可以看到，但那种拥卷在手的兴奋和快乐却已没了踪影。物稀为贵，情切而重。得之不易，一旦失去，也就不复能觅。

"伤高怀远几时穷？无物似情浓。"宋代的张姓词人，我还喜欢张先的《一丛花令》。喜欢他的《天仙子》："水调数声持酒听，午醉醒来愁未醒。送春春去几时回？临晚镜，伤流景，往事后期空记省。　　沙上并禽池上瞑，云破月来花弄影。重重帘幕密遮灯，风不定，人初静，明日落红应满径。"

我喜欢一头一尾和张炎站在宋词两端的张泌的《浣溪沙》："独立寒阶望月华，露浓香泛小庭花，绣屏愁背一灯斜。　　云雨自从分散后，人间无路到仙家，但凭魂梦访天涯。"以及他的那首《寄人》诗："别梦依依到谢家，小廊回合曲阑斜。多情只有春庭月，犹为离人照落花。"

我认为小说的作者可以站在作品背后，将文字大开大合肆意涂抹，阅读者甚至连其姓名和性别都不知道。写散文，则迟早将自己的一家一当抖搂干净。诗歌的好处在于能介于两者之间，真诚着我的真诚，含蓄着我的含蓄，于真切自然间"诗无达诂"。

这就是我为什么喜爱诗词、写作诗词的原因。

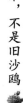

几首《临江仙》

临江仙

金锁重门荒苑静，绮窗愁对秋空。翠华一去寂无踪。玉楼歌吹，声断已随风。　　烟月不知人事改，夜阑还照深宫。藕花相向野塘中。暗伤亡国，清露泣香红。

——鹿虔扆

临江仙·夜登小阁忆洛中旧游

忆昔午桥桥上饮，坐中多是豪英。长沟流月去无声。杏花疏影里，吹笛到天明。　　二十余年如一梦，此身虽在堪惊。闲登小阁看新晴。古今多少事，渔唱起三更。

——陈与义

临江仙·自洛阳往孟津道中作

今古北邙山下路，黄尘老尽英雄。人生长恨水长东。幽怀谁共语，远目送归鸿。　　盖世功名将底用，从前错怨天公。浩歌一曲酒千钟。男儿行处是，未要论穷通。

——元好问

临江仙

滚滚长江东逝水，浪花淘尽英雄。是非成败转头空。青山依旧在，几度夕阳红。　　白发渔樵江渚上，惯看秋月春风。一壶浊酒喜相逢。古今多少事，都付笑谈中。

——杨慎

说说几首我喜欢的《临江仙》。

我读到的第一首《临江仙》，便有后蜀鹿虔扆的那句"金锁重门荒苑静"，在梁羽生的武侠小说《萍踪侠影录》里。

那时我小学五年级，周末还未实行双休制，星期六中午拿到书，星期天下午便已读完。我不记得是谁借了我这样一本书，只记得那个周末拥卷在手的快乐。

看的时候有深深的欢喜，看完了却是淡淡的忧伤。这真是一本好看的书，让人意犹未尽，只恨自己看得太快。

这是我阅读的第一本武侠小说，也是读过的武侠小说里最喜欢的一本。梁羽生在我心中的地位高过金庸，就因为他的这

几首临江仙

本书和书中塑造的张丹枫这一人物形象。

只此一人，足以睥睨天下。

小说中的张丹枫是张士诚的后人，名士侠客，相国公子。其祖远走异域苦心经营，欲以瓦剌兵马报当年亡国之仇。张丹枫文武兼备，人物风流，是朱明天下强有力的争夺者。时英宗朝内忧外患，国祚艰危，皇帝更于土木堡受俘敌酋。可这位占据天时、地利、人和的张家"少主"，却放弃了复国的绝好机会，千里奔波，挖掘出先祖遗留的地图和宝藏，以供明军保卫京师、抵御外侮之用。

张丹枫是个太完美的人，完美而不虚假。他说："人寿有几何，河清安可俟？焉得圣人出，大同传万世。若能酬夙愿，何必为天子？"他不愿见国家被外族侵略，不愿见生灵涂炭、百姓遭难。他的胸襟气度不同凡响，但他的内心并非没有痛苦。在复国和援明的激烈矛盾中，他做了艰难的选择。

很喜欢梁羽生写张丹枫去苏州探寻祖先宝藏的章回。快活林中的掷骰豪赌，洞庭山庄的景色旖旎，太湖峰巅的长歌侠气，石洞密室的得宝奇遇，八阵图中的联剑抗敌……都是他对家国的赤子襟怀、对先祖的负疚愧意和对云蕾的恋恋痴情。

而那一晚翠盖红裳间白衣如雪的孤独身影，凭栏颙望荷塘月色中的黯然低吟，终究难掩其内心的彷徨失意和痛苦惆怅。

张丹枫所吟鹿虔扆的《临江仙》本就是暗伤亡国之作，句句写景，字字含情，情景交融契合着他那时、那地、那般境遇的心绪。

昔日繁华灰飞烟灭，故国宫苑早已一片荒芜。唯有明月如旧洒下光芒，野塘中藕花上的秋露，莫不是那伤心难抑的泪水？故国之思，黍离之悲，深沉浓烈，荡气回肠。

这首《临江仙》的第二句，所见几乎都是"绮窗愁对秋空"，唯梁羽生写作"倚窗愁对秋空"，似更增有我之境。年代久远，诗无达诂，究竟是"绮"是"倚"，大概只有鹿虔扆最清楚，不过这并不影响一首好诗词的流传。

一首好诗词的标准，永远是真性至情的自然流露。而一本能给人精神力量、动人情感的小说，也自然是一部好的文学作品。

感谢梁羽生，感谢借书给我的同学，让我遇见如此美好的人物，看见如此真挚的情意。知道有一种为国为民的侠义精神，可以为了百姓、国家、民族的利益，不辞劳苦，牺牲自我。而小说中的诗词又令我对中国古代诗歌的热爱一发不可收，也因此很想写一部像《萍踪侠影录》那样叫人喜欢、念念不忘的小说来。

喜欢陈与义的《临江仙》，是因着那句"长沟流月去无声，杏花疏影里，吹笛到天明"。良辰美景，赏心乐事，人物俊秀，逸兴横飞。意境的极致之美，自是让人无限回味。可随着北宋灭亡、朝廷南渡，当年豪英零落，杏花疏影、饮酒吹笛的故国旧地再也不能回去。兴亡一梦，抚今追昔，到底令人唏嘘不已。

元好问的《临江仙》是一见就句句惊艳的，惭愧先前只知道"问世间，情是何物，直教生死相许"。元好问生于金朝，

几首临江仙

可谓宋金对峙时期北方一代文宗。这一首，是其从洛阳往孟津途中所作。

从洛阳去孟津，必经北邙山，山上有众多帝王公卿名人的陵墓。此时的金王朝正遭受着蒙古的侵略，内忧外患，国事凋零。

时乖运蹇，有志难酬，在时间和命运面前，元好问深感挫败，却在目睹邙山上那一座座王侯将相的墓穴时豁然开悟。人生富贵通达如何，成为功名盖世的英雄又如何，最后不都要归为尘土。所以，何必埋怨老天不公，何必计较得失穷通。个人的盛衰荣辱、朝代的兴亡更替，在历史长河和宇宙自然面前，是多么微不足道。人身难得，人世短暂，不如忘却烦恼，浩歌美酒，快乐当前。

后蜀亡于北宋，北宋亡于金，而金又亡于元。鹿虔扆后蜀亡后不仕，陈与义知高宗无意北伐托以病辞，元好问在金亡后隐居，以诗存史著《中州集》。这三首《临江仙》的作者，都有着对故国家园的热爱和眷恋。然而历史车轮无法阻挡，个人在现实面前的无力感，让他们唯有用诗词来宣泄心中真切热烈的情愫，千百年来令读者感喟动容。

尘事纷繁，终究都随逝水；人生得意，不过与埋深山。家国兴亡、朝代更替，也无非是青史几行文字。

原来我们，渺小若斯。

于是，有了那一首最著名的《临江仙》。作者杨慎，明代三才子之一。

明代三才子，一为解缙，总编《永乐大典》；一为徐渭，诗、文、书、画、戏曲大家；而杨慎居首。

杨慎之父杨廷和历任四朝，两朝首辅。杨慎以高才状元及第，进入仕途。这位声名在外的相国公子，本可荣华富贵安享一世，却卷入一场政治斗争而命运多舛。

事情缘于明武宗驾崩无子，由堂弟朱厚熜继位。新皇帝甫上任，即在"继统"还是"继嗣"，谁才是自己名正言顺的宗法上的父母的问题上和一班大臣死磕，演变成明代轰轰烈烈的"大礼议"事件。

杨慎身陷其中，热血沸腾地喊出"国家养士百五十年，仗节死义，正在今日"的口号，引领众臣在左顺门撼门哭谏。年轻的嘉靖帝震怒非常，命锦衣卫悉数抓捕。杨慎被两次施以廷杖，流放云南永昌卫（今云南保山），至死不得回归。

说是人情与宗法的争斗也好，说是新皇权和旧文官集团势力的斗争也罢，结果是两败俱伤。嘉靖帝钦定大礼，刚愎自用地走上了寻道求仙之路。争国本（立太子）臣子获胜，万历皇帝则怠政罢朝二十多年以示不满，最终导致国家的灭亡。士大夫以天下为己任，却不知天子独夫、一家一姓的封建王朝，认谁做爹妈，立谁为太子，都是帝王家事，谁争恨谁。

退出政治中心的杨慎，终于渐渐明白。他在那艰苦卓绝的蛮荒之地寄情山水、著书立说、潜心治学，遂有了这首放达睿智，既大气豪迈又不免有些许无奈的《临江仙》，作为其察天意、阅古今审视人生的一番总结。这原是他所作《二十一史弹

几首临江仙

词》说秦汉的开场词，因被用在罗贯中《三国演义》的卷首而声名大噪，为更多人知晓。

我觉得杨慎或多或少受了元好问之词的影响，但亲身所历，必定使他有自己独特的感悟。你看，秋月春风，古往今来，眼前依是江水滔滔，青山巍巍，斜晖一抹绚烂。那些是非成败和为之奋斗的无数英雄又在哪里呢？还有什么放不下，还有什么想不通？如果人生可以重来，不，就算只有下半场，也一定要快乐地享受生命带来的美好。要读更多的书，要写更多的文章，要研究更多的学问，要珍惜更多值得珍惜的情意啊。

人生的磨难有时真是一种馈赠，《明史·杨慎传》载："既投荒多暇，书无所不览。"又说："明世记诵之博，著作之富，推慎为第一。"

白发渔樵，浊酒笑谈，人世悲喜已惯。

风流云散，兴亡过手，只有好诗词和好文字不随时光褪色。

粉骨碎身全不怕

石灰吟

千锤万凿出深山，
烈火焚烧若等闲。
粉骨碎身全不怕，
要留清白在人间。

——于谦

小学时读于谦的《石灰吟》，没什么特别的感觉，只觉和王冕那首"我家洗砚池头树，朵朵花开淡墨痕。不要人夸颜色好，只留清气满乾坤"的《墨梅》诗写法挺像，同样一语双关，以最后一句出彩。不知道这是典型的咏物诗，托物言志，以物喻己。

那时语文书里有关于王冕画荷花的课文，我因此知道他是元代著名的画家。但于谦是谁，他是个什么样的人呢？

看完《萍踪侠影录》，我知道了"土木堡之变""北京保卫战"和于谦。

初中历史课，老师说于谦指挥的北京保卫战对明王朝意义巨大，没有他，明朝半壁江山岌岌可危。后来读《明史·于谦传》，对《石灰吟》更肃然起敬。这首七言绝句，是作者的一生信仰，是他清廉刚正、磊落品行的写照，是他忠诚爱国、甘洒热血的赤子心声。

当明朝精锐之师俱丧土木堡、皇帝被俘的消息传来，是于谦在朝堂挺身而出，厉声斥责欲弃北京城而去者："言南迁者，可斩也。京师天下根本，一动则大事去矣，独不见宋南渡事乎！"也是他直言"社稷为重君为轻"，议立新皇，解除也先以被俘的英宗对明朝的胁迫。还是他临危受命，担任兵部尚书，调粮遣将，稳定民心，加固城防，保卫北京。

北京保卫战，他将城外的百姓撤进城内，令军队列阵于城外迎敌，以一介文臣之身，披甲上马，亲自督战在直面也先大军最危险的德胜门外。他下令城门悉闭，以不胜即死的勇气表率三军，命：临阵将不顾军先退者，斩其将；军不顾将先退者，后队斩前队。

强敌当前，于谦旗帜鲜明地表达保家卫国、死战到底的决心，激发了明军士气。也正是这众志成城、不留退路的拼死精神，迎来了北京保卫战的胜利，稳固了风雨飘摇的大明江山，使百姓免遭一场生灵涂炭的浩劫。

没有于谦，当时的明王朝很可能重蹈北宋的覆辙。没有于谦，被俘的明英宗也不能安全返回。他是当之无愧守卫家园、保护百姓、扭转乾坤的英雄。

然而，英雄的结局却是悲惨。

英宗"夺门"复辟，以"谋逆"论罪于谦，将之处以极刑。他死在自己誓死捍卫的北京城中，弃尸街头。

于谦拥立景帝，北京保卫战厥功至伟，深得景帝恩宠。他死后抄家，家中并无余财，景帝所赐蟒衣剑器等物，一概封存于正室。

他是清廉节俭的一品大员，居处简陋，仅蔽风雨。他于国于民功勋卓著，却多次拒绝皇帝封赏，说："国家多难，臣子何敢自安。"

他没有家财万贯，唯有一腔热血，两袖清风。

于谦曾言："此一腔热血，意洒何地？"

孰料竟是这样的结局。

这样的结局，他坦然以对，因为他早就说过"粉骨碎身全不怕，要留清白在人间"。

有人慨叹他的愚忠，迎回英宗，反被其所杀。也有人说封建社会，君主是国家的象征，忠君即是爱国。

我觉得他是忠于自己的内心，忠于他一贯秉持的操守和精神准则：徇国忘身，舍生取义。宁正而毙，不苟而全。

像于谦这样的，中国历史不乏其人。他们同样有《石灰吟》般短小的诗歌传世，表明自己的志向和决心。

比如，文天祥的"几日随风北海游，回从扬子大江头。臣

粉骨碎身全不怕

心一片磁针石，不指南方不肯休"（《扬子江》），方孝孺的"微雪初消月半池，篱边遥见两三枝。清香传得天心在，未许寻常草木知"（《画梅》），袁崇焕的"一生事业总成空，半世功名在梦中。死后不愁无勇将，忠魂依旧守辽东"（《临刑口占》）。

血犹碧，胆未寒，纵身处逆境，受尽冤屈，仍初心不改。

所幸世间尚有公道，虽然它有时来得太晚。

《明史·于谦传》结语："公论久而后定，信夫。"

成化初年，明宪宗即位，于谦子于冕赦归，上疏讼冤，得复官赐祭。诰曰："当国家之多难，保社稷以无虞，惟公道之独恃，为权奸所并嫉。在先帝已知其枉，而朕心实怜其忠。"弘治年，明孝宗追赠于谦特进光禄大夫、柱国、太傅，谥号"肃愍"，建祠"旌功"。万历中，明神宗改授谥号为"忠肃"。

忠肃者，忠贞，严正。浩然之气，千古所存。

桃花坞里桃花仙

桃花庵歌

桃花坞里桃花庵，桃花庵里桃花仙。

桃花仙人种桃树，又摘桃花换酒钱。

酒醒只在花前坐，酒醉还来花下眠。

半醉半醒日复日，花落花开年复年。

但愿老死花酒间，不愿鞠躬车马前。

车尘马足贵者趣，酒盏花枝贫者缘。

若将富贵比贫贱，一在平地一在天。

若将贫贱比车马，他得驱驰我得闲。

别人笑我忒疯癫，我笑他人看不穿。

不见五陵豪杰墓，无花无酒锄作田。

——唐寅

最早看到唐寅的这首诗在《唐祝文周四杰传》里。

书是我小学五年级从福州路上一家旧书店淘来，那时正听弹词《三笑》，故而一见书名便相中了。拿到手的是上册，灰色封面上白色"唐祝文周"印刷体小字下，是浓墨竖写的"四杰传"三个大字。翻开封面，有几幅插图，画得挺有神韵。喜滋滋遍寻下册，却发现店里只有三本上册。犹豫过后还是欣然买下，一是旧书便宜，二是惊艳于第一回开篇的那首《桃花庵歌》，自然真切，直白如话，尚是小学生的我也能读懂大半。

读初中，我才看到书的下册。书是同学姐姐的，她用红色油纸包了封皮带来给我，我诚惶诚恐地接过，生怕弄坏了它。这也是我格外怀念中学时代的原因，那些心心念念求而不得的书籍，最终都从同学处得来。

至今，全书内容已模糊到不能记起一处细节，唯一印象深刻的，仍是那首《桃花庵歌》。

诗句看似直白，但真正读懂，是要习文史、阅人生、历沧桑的。

历史上的唐寅与文艺作品里的唐伯虎相去甚远，他的人生远不是这般富有喜剧性，也没有那许多风流韵事。最为著名的三笑姻缘唐伯虎点秋香的故事，不过是源于他的一首"我爱秋香"的藏头诗："我画蓝江水悠悠，爱晚亭上枫叶稠。秋月溶溶照佛寺，香烟袅袅绕经楼。"

真实的唐寅才华横溢，擅诗文，工书画，一生经历却充满悲剧意味。

十几岁时，唐寅在苏州考秀才得了第一，二十几岁到南京乡试又得了解元。轰动一时才名卓著下，他怀揣着"三元及第"

的志向和信心奔赴京城参加会试，不想却卷入一场所谓的科场泄题舞弊案，无端成为一次政治斗争的牺牲品。唐寅最终被削除仕籍充作小吏，他说"士也可杀，不能再辱"，耻不就职。归乡在城北桃花坞筑室，取名"桃花庵"，于其间泼墨书画，诗酒放浪，《桃花庵歌》由此而来。

科场舞弊事件对唐寅打击极大。绝意仕途之际，时人侧目，妻子席卷而去，连家中童仆也看不起他，言语常有顶撞。唐寅内心的凄苦和悲凉可想而知，然幸与不幸，真不是一时一世可以看清。当他半生凄凉，五十四岁贫病逝于家中，料不到身后的无限风光。那些加诸其身的不公和磨难，恰恰是成就他的基石。

凭他的才华，若顺风顺水考个状元，步入仕途也行。但自隋唐科举以来，历朝历代的状元，又有几个被我们记住了姓名？宦海沉浮，风云诡谲，以唐寅的不羁个性、不善钻营，在水深浪急暗流涌动的险恶官场，他又能沉浮多久，前行多远？如此，今时今日，那个盛名的唐解元，那个诗词真切书法隽秀的杰出文人，那个一幅丹青价值千金的吴门画派领袖，以及那些因他而衍生杜撰的传奇故事，或许都不会有。

自然也读不到这一首《桃花庵歌》。

"桃花坞里桃花庵，桃花庵里桃花仙。桃花仙人种桃树，又摘桃花换酒钱。"这样的唐寅多出尘。"但愿老死花酒间，不愿鞠躬车马前。车尘马足贵者趣，酒盏花枝贫者缘。"这样的唐寅多洒脱。"别人笑我忒疯癫，我笑他人看不穿。不见五陵豪杰墓，无花无酒锄作田。"这样的唐寅多睿智。

这样的唐寅让你不得不心生仰慕，击节赞叹。

我以为唐寅聪慧，不难看透世情。即便没有再入仕途的可能，委身王侯将相，做个受赏识的清客师爷，日子照样可以过得滋润。但我又一直以为，文人品性实有高下之分。有的人心如明镜，于世故人情官场练达洞若观火，有些事却终究是羞于做、不屑做、懒得做的。

"不炼金丹不坐禅，不为商贾不耕田。闲来写就青山卖，不使人间造孽钱。"读唐寅的这首诗，是否有超然之气扑面而来？五十岁那年，他又写下这样的诗："醉舞狂歌五十年，花中行乐月中眠。漫劳海内传名字，谁信腰间没酒钱。书本自惭称学者，众人疑道是神仙。些须做得工夫处，不损胸前一片天。"

"立锥莫笑无余地，万里江山笔下生。"这才是与万千匍匐在科举制度下的读书人不一样的唐寅。人世的苦难，换来人生的彻悟，一切都是最好的安排。

很喜欢唐寅的《一世歌》："人生七十古来少，前除幼年后除老。中间光阴不多时，又有炎霜与烦恼。花前月下得高歌，急需满把金樽倒。世人钱多赚不尽，朝里官多做不了。官大钱多心转忧，落得自家头白早。春夏秋冬捻指间，钟送黄昏鸡报晓。请君细点眼前人，一年一度埋荒草。草里高低多少坟，一年一半无人扫。"所以，及时行乐实在不是什么消极的人生态度啊！

我还喜欢他的一首《迟归》："大雪寻梅好写诗，隔江友家泛金鼠。因观赤壁两篇赋，不觉苏州夜半时。城上将军原有令，江南才子本无知。贤侯若问真消息，也有声名在凤池。"才情蓬勃，洒脱不羁。

唐寅的身上有不食人间烟火的味道，像一个贬落凡尘的"谪仙"，官场于他并不适合，远离了未必不是好事。自由自在、无拘无束的白衣卿相，有一处安身立命之地，思其所想，行其所好，工其所长，即使清贫不能闻达，亦是幸运快活潇洒似神仙的。

所以我说，好一个桃花坞里桃花仙。

人生是不公平的，但又是相对公正的。我们其实都该好好想想，在这繁华尘世走上一遭，哪些是独属于自己的特质，哪些不过虚幻，哪些值得追寻，认准了就不要放弃。

"若将富贵比贫贱，一在平地一在天。若将贫贱比车马，他得驱驰我得闲。"果真如此，这一生也是舒坦。

很多事，冥冥中自有安排。

诗名传千古，坚贞烈士身

毗陵遇辕文

宋生裘马客，慷慨故人心。
有憾留天地，为君问古今。
风尘非昔友，湖海变知音。
洒尽穷途泪，关河雨雪深。

别云间

三年羁旅客，今日又南冠。
无限山河泪，谁言天地宽。
已知泉路近，欲别故乡难。
毅魄归来日，灵旗空际看。

寄内

忆昔结缡日，正当摄甲时。

门楣齐阀阅，花烛夹旌旗。

问寝谈忠孝，同袍学唱随。

九原应待汝，珍重腹中儿。

——夏完淳

初识夏完淳，是我小学时在图书馆借了本《夏完淳的故事》。

看完书，记住了他的名字和四句诗："有憾留天地，为君问古今。风尘非昔友，湖海变知音。"

一直以为这是一首绝句，后来才知是从他的一首五律里截得，再后来知道了《南冠草》，又读到那首著名的《别云间》。

云间，就是现在的上海松江。夏完淳被称云间才子，《别云间》是其诀别故乡亲人旧时家国的慷慨悲歌。那一年，他十七岁。

十七岁的时候，我还在读高中，斯人却已历经国破家亡。

南冠，《左传》钟仪典，代指俘虏。《南冠草》是夏完淳抗清被俘押解途中和身陷囹圄时所作诗集，读来字字泣血。

《毗陵遇辕文》，最喜中间四句，设若就把它当作一首绝句，昔日知音今成陌路的悲凉已展现得淋漓尽致。不是每个人都能在高官厚禄的诱惑和钢刀架颈的胁迫下，依旧坚持自己的信仰，穷途末路不失英雄豪气。

诗名传千古，坚贞烈士身

夏完淳，明末名士。名士风流，源自从小所受的教育和身处的环境。父师亲朋，俱是有节烈之心的士大夫，耳濡目染，奠定了信仰的基石。

只是"时穷节乃见"，也并非每一个士大夫都能做到，比如，南京公堂上劝他投降的洪承畴。

面对新王朝抛来的橄榄枝，身为旧臣，不立时接住，俯首帖耳，就难免引颈受戮，血溅白练。

而十七岁的少年坚持着自己的信仰，高昂头颅，拒不投降。

中华史上，这样的英雄不少。可是，他太年轻，如春花初绽的年华，美好得让人心疼。他还有个没出生的孩子，隐忍着内心的疼痛和煎熬，他殷殷相嘱心爱的妻子，那一句"九原应待汝，珍重腹中儿"包含了多少对妻儿的情意。无情未必真豪杰，怜子如何不丈夫。这是他年轻生命中最后的不舍与牵挂，是他为人夫、为人父最真挚深切的情感流露。

大义当前，他终凛然慷慨，抛却了对慈母、爱妻和未见面的孩子的牵念，抛却了身为儿子、丈夫、父亲对家庭应尽的职责，奔赴那一条荆棘满地、刀山火海的不归路。

"一门漂泊，生不得相依，死不得相问"，个中哀伤，"欲书则一字俱无，欲言则万般难吐"。读他的《狱中上母书》和《遗夫人书》，笔底真情，撼动人心。

他有十五年如一日教导他的慈母。可他说："以身殉父，不得以身报母矣。"他说："人生孰无死，贵得死所耳。"他说："但为气所激，缘悟天人理。"

他有"问寝谈忠孝，同袍学唱随"结缡两年志同道合的妻子。少年夫妻，如花美眷，甜蜜恩爱可以想见。中道相别，谅谁舍得？夏完淳眼里的妻子更是"贤淑和孝，千古所难"。所以，他在给妻子的绝笔信中道："肝肠寸断，执笔心酸，对纸泪滴……停笔欲绝。"

变不变节，明朝还是亡了。死不死节，全赖心中那一缕绵绵不绝的浩然之气。对于妻子今后的凄苦，他自然清楚，心痛如麻之际，也只能道出"吾累汝，吾误汝，复何言哉"的伤心话语。

忠孝难两全，况复儿女情长。他最在意、最珍视、最执着的，始终是对国家的无限坚贞。

完淳不死，人亦不怪之；完淳不死，夏家一脉当得以延续；完淳不死，其在中国文学史上必有大建树。

完淳一死，让人终不得相忘，曾经有这样一个少年英雄，这样一个才华横溢的年轻文人，这样一个孝顺的儿子、深情的丈夫、慈爱的父亲，他不畏困苦，历经艰辛，秉持胸中浩然之气，坚守内心凛然大义，面对高高举起的屠刀，立而不跪，含笑而终。

英雄意气，名士风流，高山仰止。

在他生命最后的时光里，他写下的那些诗词，是他璀璨灵魂的闪亮写照。读它们的时候，便看得到一个民族的热血和希望。

诗名传千古，坚贞烈士身。神游天地间，可以无愧矣。

致敬，我心中的少年英雄和诗人。

诗名传千古，坚贞烈士身

谁为我唱金缕

金缕曲二首

寄吴汉槎宁古塔，以词代书，丙辰冬，寓京师千佛寺，冰雪中作。

其一

季子平安否？便归来，平生万事，那堪回首。行路悠悠谁慰藉，母老家贫子幼。记不起，从前杯酒。魑魅搏人应见惯，总输他，覆雨翻云手。冰与雪，周旋久。　　泪痕莫滴牛衣透。数天涯、依然骨肉，几家能够？比似红颜多命薄，更不如今还有。只绝塞，苦寒难受。廿载包胥承一诺，盼乌头马角终相救。置此札，君怀袖。

其二

我亦飘零久！十年来，深恩负尽，死生师友。宿昔齐名非忝窃，只看杜陵消瘦。曾不减，夜郎僝僽。薄命长辞知己别，问人生到此凄凉否？千万恨，为君剖。　　兄生辛未吾丁丑。共些时，冰霜摧折，早衰蒲柳。诗赋从今须少作，留取心魂相守。但愿得，河清人寿。归日急翻行戍稿，把空名料理传身后。言不尽，观顿首。

——顾贞观

词中长调"金缕曲"，也是我比较喜欢的词牌。

金缕曲，即"贺新郎"，因宋代词人叶梦得《贺新郎》词"谁为我，唱金缕"句得名，宋张元干《贺新郎》中也有"举大白，听金缕"的词句。历代词人填此调者不少，而最打动我的当属清顾贞观两首"以词代书"的《金缕曲》。

最早见到这两首《金缕曲》，是在上海古籍出版社出版吴熊和主编的《十大词人》一书里，粉红色的封面，薄薄小小的一本。顾贞观的这两首词在介绍纳兰性德的篇章里，却是其中令我印象最深的词作。

我一直认为情真意切是好诗词的标准。顾贞观的这两首《金缕曲》真切自然，晓畅如话家常，浅斟低吟、殷殷叮嘱中语出肺腑，见生死情深。清人陈廷焯评曰："虽非正声，亦千秋绝调，可以泣鬼神矣。"

这两首词，是一封回复朋友的书信。词前小序里的吴汉槎，即吴兆骞，也就是词中开头所称的"季子"。

吴兆骞受累于清顺治朝江南科场案，举家流放宁古塔。宁古塔，冰雪苦寒极北之地，流放此地者，几无生还可能。这位

谁为我唱金缕

江南文士在那里苦熬了十八年后，给顾贞观写信，信中道："塞外苦寒，四时冰雪，鸣镝呼风，哀笳带血，一身飘寄，双鬓渐星。妇复多病，一男两女，藜藿不充，回念老母，茕然在堂，迢递关河，归省无日……"期盼好友能假以援手。

顾贞观视吴兆骞为生死至交，自其流放宁古塔，一心设法营救。只是从顺治朝到康熙朝，他努力了十八年，依然不能成功。

这其实是一件艰难无比几乎没有希望的事情。一个落魄文士，要如何从钦定的案件中，解救另一个落魄文士？况复世态炎凉，人情若此。

顾贞观耗尽心力，也没有丝毫成效。那一年的冬天，他寄居在京师千佛寺，面对好友的来信和一天冰雪，悲伤难禁，以词代书，写下了"季子平安否"和"我亦飘零久"两首《金缕曲》。

这是两首禁得住一读再读、一品再品的好词。其语言不事雕琢，纯用白描，娓娓道来，却撼人心魄，酸辛处不能卒读。

初见这两首词，我年纪尚小，并不能体会其间真味。年岁渐长，阅历渐丰，才觉音韵美好的精练文字中隐藏着太多人世的悲苦和无奈。

"季子平安否？便归来，平生万事，那堪回首。""魑魅搏人应见惯，总输他，覆雨翻云手。""我亦飘零久！十年来，深恩负尽，死生师友。""诗赋从今须少作，留取心魂相守。"朴实自然的家常话语，承载着感人肺腑的深厚情意，结尾的"言不尽，观顿首"，更以普通一语，直击人心。

千言万语也不能尽数表达词人对友人的关切和此时此刻的心情，牵挂、宽慰、期盼、无奈、悲伤、彷徨……便都在那一个无言的顿首中。

时，顾贞观坐馆明珠府邸，二词为纳兰容若所见，深受感动。

顾贞观将这两首词收录于自己的《弹指词》，词后附注："二词容若见之，为泣下数行，曰：'河梁生别之诗，山阳死友之传，得此而三。此事三千六百日中，弟当以身任之，不俟兄再嘱也。'余曰：'人寿几何？请以五载为期。'恳之太傅，亦蒙见许，而汉槎果以辛酉入关矣。附书志感，兼志痛云。"

二十三年，顾贞观终于帮助吴兆骞活着走出宁古塔。耗去的除了时间、精力、金钱，还有耿直文士最为看重的气节。袁枚在《随园诗话》中载："太傅（明珠）方宴客，手巨觥，谓曰：'若饮满，为救汉槎。'华峰（顾贞观）素不饮，至是一吸而尽。太傅笑曰：'余直戏耳。即不饮，余岂不救汉槎耶？虽然，何其壮也！'"

素不饮酒的顾贞观为救吴兆骞不惜在明珠面前举杯豪饮，也不顾自尊向权贵屈膝。尊贵如容若，恳之于父相，尚且花费巨资，用了五年时间才营救出吴兆骞。顺治帝钦定之案，在康熙朝是那么好翻的吗？一个底层的江南文士与满清权贵的周旋，个中滋味只有自己知道。

"薄命长辞知己别，问人生、到此凄凉否。"顾贞观把吴

谁为我唱金缕

兆骞看成知己，而纳兰性德又视顾贞观为知己。

他在《金缕曲·赠梁汾》中云："德也狂生耳。偶然间，淄尘京国，乌衣门第。有酒惟浇赵州土，谁会成生此意。不信道、遂成知己。"又在另一首《金缕曲·简梁汾》中说："绝塞生还吴季子，算眼前、此外皆闲事。知我者，梁汾耳。"（梁汾，顾贞观号）

人生得一知己足矣，斯世当以同怀视之。

知己，《现代汉语词典》定义为：彼此相互了解而情谊深切的人。俗语云："万两黄金容易得，知己一个也难求。"又云："士为知己者死。"王勃诗中名句："海内存知己，天涯若比邻。"鲍溶有诗句："山河不足重，重在遇知己。"徐志摩说："我将于茫茫人海中访我唯一之灵魂伴侣。得之，我幸；不得，我命。"

记得小时候看过一本连环画《琴台边的传说》，讲的是俞伯牙和钟子期的故事。故事结尾，俞伯牙在钟子期的墓旁一曲弹毕，摔碎了自己最心爱的瑶琴。众人都觉可惜，他道："摔碎瑶琴凤尾寒，子期不在对谁弹。春风满面皆朋友，欲觅知音难上难。"这口占的小诗，是那本连环画里我记忆最为鲜明的内容。于是知高山流水，知音难求。

这个尘世间，有很多人可以成为很好的朋友，但要达到心灵和精神的高度契合，彼此了解欣赏，真诚宽容，惺惺相惜，实在是可遇不可求。更何况，人世风雨考验无数，生意外前路难卜。

贵为相国公子、天子近臣的纳兰容若，以自己的一首《金缕曲》对顾贞观说："一日心期千劫在，后身缘、恐结他生里。然诺重，君须记。"纵然前路茫茫，我们已是知己。今生相见恨晚，来世我们依然要成为知己，请一定记住这个承诺。

封建高压下的苛酷统治、不同阶级的森严界限、底层文人和显赫权贵间难以逾越的鸿沟，在这几首涌现深情厚谊、知己情怀的《金缕曲》中柔和模糊，黯淡退却。文字的力量，惊人巨大。而诗词之美，不仅是语言的曼妙，更在于其所承载的真实情意。无论委婉含蓄，还是直抒胸臆，都在那浅淡浓烈里动人襟怀，引发共鸣。

翻到《十大词人》的尾页，看见上面写着的购书时间和地点。那一年的 5 月 13 日，距离我初中时代的完结只剩须臾。

书是在淮海路上的三联书店买的，那是当时我颇喜欢的一家书店。我常常乘着 12 路电车，到站往前走，就是目的地。

书店不大，开在最繁华的马路边，和着茂密的法国梧桐，绿荫重重，书香浓浓。兴致高的时候，我会和同学步行前往。沿着鲁班路笔直走，一路经过兴业中学、二医大、沧浪亭面馆，一直走到淮海路，过马路左转，再往前走一段，便是书店门口。那时候没有高架，没有地铁，马路上车不多，公交线不复杂，觉得上海就在自己脚下。

出家门，同样直走左转再直走，二十分钟可以到我读了六年的中学。斜土路 885 号，是我一直记得的门牌号。

那里有我青涩美丽的华年，有我交好同游的伙伴，也有我

谁为我唱金缕

曾视为知己的人。只可惜"一日心期千劫在"，终究缘分零落。

诗词对人的好处，还在于能说的不能说的，说得清道不明的，都可凭借这含蓄凝练的文字一吐为快。

哪怕晦涩不明，哪怕掩人耳目，也能真切抵达灵魂深处。

我是人间惆怅客

浣溪沙

残雪凝辉冷画屏，落梅横笛已三更，更无人处月胧明。

我是人间惆怅客，知君何事泪纵横。断肠声里忆平生。

——纳兰性德

　　纳兰性德，清康熙宠臣纳兰明珠长子。明珠累官至大学士、太子太傅，成为权倾当朝的宰辅，而纳兰性德则无意在眼前顺利平坦的仕途上快步疾行。

　　这位天子近臣、相国公子似乎只喜欢徜徉于多情婉约的词中世界。王国维评价："纳兰容若以自然之眼观物，以自然之舌言情。此由初入中原，未染汉人风气，故能真切如此。北宋以来，一人而已。"

　　权势富贵是多少人的终极梦想，容若还未出生就注定拥有了这一切。父亲是宰相，母亲是皇亲爱新觉罗氏，作为家中的嫡长子，含着金汤匙出生的娃，享受着人间最美好的一切。可他却以一句"我是人间惆怅客",概括了自己的人生。

翻开他的词集,哀愁触目:

"海天谁放冰轮满,惆怅离情。莫说离情,但值良宵总泪零。"(《采桑子》)

"酒醒香销愁不胜,如何更向落花行。去年高摘斗轻盈。夜雨几翻销瘦了,繁华如梦总无凭。人间何处问多情。"(《浣溪沙》)

"心灰尽,有发未全僧。风雨消磨生死别,似曾相识只孤檠,情在不能醒。"(《忆江南·宿双林禅院有感》)

明珠有一次偶看其词作,也不禁无限感慨:"这孩子什么都有了,还愁什么啊!"

好友曹寅曾在《题楝亭夜话图》中说:"家家争唱饮水词,纳兰心事几曾知?"纳兰性德把自己的词集定名为"饮水词",取"如鱼饮水,冷暖自知"意。这样的一个人,到底因何惆怅呢?

或许,应着他那句"情在不能醒"。

容若少年时曾有一段真挚热烈的感情,从他的两首诗词中可见端倪:

"谢家庭院残更立,燕宿雕梁。月度银墙,不辨花丛那辨香。 此情已自成追忆,零落鸳鸯。雨歇微凉,十一年前梦一场。"(《采桑子》)

"银床淅沥青梧老,屧粉秋蛩扫。采香行处蹙连钱,拾得翠翘何恨不能言。 回廊一寸相思地,落月成孤倚。背灯和

月就花阴，已是十年踪迹十年心。" （《虞美人》）

青梅竹马的纯真爱情，因着某些不可抗力的原因不得善终，深藏的情意和痛苦，日日年年吞噬着他敏感柔弱的心灵。据传："纳兰容若眷一女，绝色也，有婚姻之约。旋此女入宫，遂成陌路。"

"一生一代一双人，争教两处销魂。相思相望不相亲，天为谁春？"虽然伤痛难免，但人生还要继续。

所幸妻子卢氏也是一位才貌双全的可人儿，"满目山河空念远，落花风雨更伤春。不如怜取眼前人"，那就守着妻儿好好过吧。

偏偏"欢近三更短梦休，一宵才得半风流"，身为一等侍卫的纳兰性德时常要入值宫廷，扈从天子出巡。身不由己、聚少离多的日子里，充满着对彼此的思念："别绪如丝睡不成，那堪孤枕梦边城。因听紫塞三更雨，却忆红楼半夜灯。　书郑重，恨分明，天将愁味酿多情。起来呵手封题处，偏到鸳鸯两字冰。"（《鹧鸪天》）

他想好好弥补，却已没有机会。十九岁的卢氏死于产疾，从此容若的心上又增添了一道深刻而无法愈合的伤痕。

一个人安静下来，回忆如潮水般涌来——"赌书消得泼茶香，当时只道是寻常"。

很多时候，我们不珍惜拥有，失去方知宝贵。但人生就是悖论，无从预演，没法倒带，怎么样都让人措手不及。

容若的"悼亡词"哀思不尽，他仿佛从此失去了快乐的勇

我是人间惆怅客

气。

父亲醉心权术，身边的世家子弟亦多纨绔习气。显赫门第，空虚心灵，一切便只能寄托于文字，吐纳向诗词。

所以，一个平头百姓同样有着赤子之心的顾贞观令他相见恨晚。志趣和性灵的共鸣，彼此引为知己。他填词相赠："德也狂生耳。偶然间，淄尘京国，乌衣门第。有酒惟浇赵州土，谁会成生此意。不信道、遂成知己。青眼高歌俱未老，向尊前、拭尽英雄泪。君不见，月如水。　共君此夜须沉醉。且由他，娥眉谣诼，古今同忌。身世悠悠何足问，冷笑置之而已。寻思起、从头翻悔。一日心期千劫在，后身缘、恐结他生里。然诺重，君须记。"（《金缕曲·赠梁汾》）

也许只有在诗词的韵味和文字的世界里，他才是自由快乐的。因为那里有真切诚挚的情意，抚慰着他多愁善感的心灵。在他刚过而立之年就即将完结的人生中，闪烁着耀眼的光芒，照亮他这一世惆怅孤寂的行程。在他一接触到它们的时候，便达成了彼此的默契。那些远隔千年的情愫，熨帖了他的心境。纳兰词词风婉约，词集原名"侧帽"，取晏几道"侧帽风前花满路"句。

晏几道，这位同样擅长婉约词作的相国公子，也许是纳兰性德最愿意神交的人。

来看小晏的两首词：

"小令尊前见玉箫。银灯一曲太妖娆。歌中醉倒谁能恨，唱罢归来酒未消。　春悄悄，夜迢迢。碧云天共楚宫遥。梦

魂惯得无拘检，又踏杨花过谢桥。"（《鹧鸪天》）

"小绿间长红，露蕊烟丛。花开花落昔年同。惟恨花前携手处，往事成空。　　山远水重重，一笑难逢。已拚长在别离中。霜鬓知他从此去，几度春风。"（《浪淘沙》）

晏几道乃词中言情圣手。他行迹脱俗，蔑视权位，为人诚挚，哪怕是对歌舞欢场的女子，也愿意交付自己的一片真心。

王雱，其父王安石。相传这位相国公子因多病父令其妻独居楼头，妻在其逝后别嫁。

王雱留词不多，但一首《眼儿媚》哀感顽艳，极尽相思况味："杨柳丝丝弄轻柔，烟缕织成愁。海棠未雨，梨花先雪，一半春休。　　而今往事难重省，归梦绕秦楼。相思只在，丁香枝上，豆蔻梢头。"

同样是"清新凄婉，高华绮丽之外表，不能掩其苍凉寂寞之内心"。

所以，快乐的源头并不在地位权力的巅峰和物质的终极享受，唯有精神世界的丰腴才能给人带来无限满足。

我不相信一个拥有美好爱情、友情和亲情的人是不快乐的。

我是人间惆怅客

雅俗唱尽是自然

【南吕】四块玉·别情

自送别，心难舍，一点相思几时绝？凭栏袖拂杨花雪。溪又斜，山又遮，人去也！

【南吕】四块玉·闲适

旧酒投，新醅泼，老瓦盆边笑呵呵，共山僧野叟闲吟和。他出一对鸡，我出一个鹅，闲快活。

——关汉卿

写了一段时间"那些我爱着的诗词"，最后来说说曲。

广义的中国古代诗歌包含诗、词、曲。唐诗是其巅峰，最初被称为诗余的词到了宋代发展成能与唐诗分庭抗礼的主流文学样式，而元曲的出现则更贴近市民生活。诗庄、词媚、曲俗，各擅胜场。曲与音乐的关系更为紧密，又以口语俗白容易理解，其雅致、蕴藉、抒情、意境处亦不减诗词，所谓雅俗共赏是也。

来看同样是关汉卿的两首《南吕·四块玉》。写朋友乡间田园的诗酒欢宴，"老瓦盆边笑呵呵""他出一对鸡，我出一个鹅，闲快活"，通俗易懂，全似口语，充满热闹欢快、自然闲适的生活气息。写情人依依不舍地送别，"一点相思几时绝""凭栏袖拂杨花雪""溪又斜，山又遮，人去也"，直抒胸臆处平生意境，余韵不歇。三言两语，将杨花似雪暮春时节里的一场深情别离，描摹得细腻动人。

白朴的散曲更见词采意蕴，以《越调·天净沙》写四季风景，秋冬尤佳："孤村落日残霞，轻烟老树寒鸦，一点飞鸿影下。青山绿水，白草红叶黄花。""一声画角谯门，半庭新月黄昏，雪里山前水滨。竹篱茅舍，淡烟衰草孤村。"一系列自然景物的意象，构筑成苍凉茫远、冷寂寥落之境。

以曲风典雅清丽著称的张可久也有一首《天净沙·湖上送别》："红蕉隐隐窗纱，朱帘小小人家，绿柳匆匆去马。断桥西下，满湖烟雨愁花。"以景写情，生动含蓄。又有《人月圆·山中书事》："……数间茅舍，藏书万卷，投老村家。山中何事？松花酿酒，春水煎茶。"浅白质朴，恬然自适。

张养浩有小令《殿前欢·对菊自叹》："可怜秋，一帘疏雨暗西楼。黄花零落重阳后，减尽风流。对黄花人自羞。花依旧，人比黄花瘦。问花不语，花替人愁。"清新秀雅，通俗深远。

元曲小令在状物、写景、抒情上不逊诗词，更蕴含人世况

雅俗唱尽是自然

味和人生哲理。比如，张养浩的几首《山坡羊》怀古，名句迭出："兴，百姓苦；亡，百姓苦。""功，也不久长；名，也不久长。""赢，都变做了土；输，都变做了土。"

元代科举求仕艰难，一些读书人索性隐居山林，投身于大自然的怀抱。我喜欢宋方壶的《山坡羊·道情》："青山相待，白云相爱，梦不到紫罗袍共黄金带。一茅斋，野花开，管甚谁家兴废谁成败，陋巷箪瓢亦乐哉。贫，气不改；达，志不改。"

但功名二字于人的诱惑实在巨大，陈草庵有《山坡羊》："晨鸡初叫，昏鸦争噪，那个不去红尘闹？路遥遥，水迢迢，功名尽在长安道。今日少年明日老。山，依旧好；人，憔悴了。"

"功名半纸，风雪千山"，知识分子即便走上仕途，也难免受到蒙元贵族的歧视和猜忌。于是，薛昂夫在《山坡羊·述怀》中叹："高，高处苦；低，低处苦。"真不如刘致西湖醉歌，享尽悠闲："朝朝琼树，家家朱户，骄嘶过沽酒楼前路。贵何如，贱何如？六桥都是经行处，花落水流深院宇。闲，天定许；忙，人自取。"（《山坡羊·西湖醉歌次郭振卿韵》）

元散曲名家辈出，一些无名氏的作品也很让人惊艳。记得有一首《醉太平·讥贪小利者》："夺泥燕口，削铁针头，刮金佛面细搜求，无中觅有。鹌鹑嗉里寻豌豆，鹭鸶腿上劈精肉，蚊子腹内剜脂油。亏老先生下手。"虽是夸张，但幽默形象，妙趣横生。

还有两首《朝天子·志感》中道："不读书有权，不识字有钱，不晓事倒有人夸荐。""不读书最高，不识字最好，不晓事倒有人夸俏。""善的人欺，贫的人笑，读书人都累倒。"口语俗白，针砭时弊，诉尽元代社会种种不合理之形状。

元曲有散曲、杂剧之分。小令和套数组成的散曲属诗歌范畴，而元杂剧则是中国传统戏曲的成熟样式，其重要组成部分唱词仍由诗歌形式的曲担当。

王国维在《宋元戏曲考》中说："元曲之佳处何在？一言以蔽之，曰：自然而已矣。"他说元杂剧的作者"以意兴之所至为之，以自娱娱人……摹写其胸中之感想，与时代之情状，而真挚之理，与秀杰之气，时流露于其间。"即元杂剧作家以自然的语言进行创作，真切抒发内心情愫，反映现实生活和时代风貌，也以此作为抵抗强权、歌颂良善、张扬正义的斗争武器。

关汉卿是元杂剧作家中的最优秀者，王国维评其"曲尽人情，字字本色"。我喜欢他《单刀会》里的一曲《驻马听》。鲁肃设下鸿门宴催讨荆州，关云长单刀赴会，面对滔滔江水唱道："水涌山叠，年少周郎何处也？不觉的灰飞烟灭！可怜黄盖转伤嗟。破曹的樯橹一时绝，鏖兵的江水犹然热，好教我情惨切！（云）这也不是江水，（唱）二十年流不尽的英雄血！"豪迈之气、苍凉之感、沧桑之叹，在平实自然、不假雕饰的语言中跃然而出。

而王实甫的《西厢记》则曲辞秾丽，文采风流。张生一出场的两支曲子便可见端倪："游艺中原，脚跟无线、如蓬转。

雅俗唱尽是自然

望眼连天，日近长安远。"（《点绛唇》）"向诗书经传，蠹鱼似不出费钻研。将棘围守暖，把铁砚磨穿。投至得云路鹏程九万里，先受了雪窗萤火二十年。才高难入俗人机，时乖不遂男儿愿。空雕虫篆刻，缀断简残编。"（《混江龙》）崔莺莺在长亭送别时唱："四围山色中，一鞭残照里。遍人间烦恼填胸臆，量这些大小车儿如何载得起？"虽然我并不怎么喜欢张生和莺莺，却不能不喜欢从他们嘴里唱出来的那些词句。

王实甫的《西厢记》在元稹《莺莺传》和金代董解元《西厢记诸宫调》的基础上创作而来，一改先前"始乱终弃"的故事内核，发出了"愿普天下有情的都成了眷属"的美好祝愿。除了成功塑造男女主人公张君瑞和崔莺莺的丰满形象，王实甫还生动刻画了有血有肉、个性鲜明的婢女红娘，使其成为沿用至今媒人的代名词。明代王世贞说："北曲故当以《西厢》压卷。"贾仲明赞："新杂剧，旧传奇，《西厢记》天下夺魁。"（《凌波仙》）

相对于北曲，还有南戏。

南戏始流行于浙东沿海，称永嘉（温州）杂剧，在宋室南渡后逐渐发展，并在元杂剧衰弱后继续繁盛，为明清传奇的形成奠定了基础。王国维在《宋元戏曲考》中评"元南戏之佳处，亦一言以蔽之，曰自然而已矣"。

明代中期的传奇里，我喜欢李开先的《宝剑记》，尤其是《夜奔》这一出。

遭受迫害、走投无路的林冲夜奔梁山："按龙泉血泪洒征袍，恨天涯一身流落。专心投水浒，回首望天朝。急走忙逃，顾不的忠和孝。"（《新水令》）"良夜迢迢，投宿休将他门户敲。遥瞻残月，暗度重关，急步荒郊。俺的身轻不惮路迢遥，心忙又恐怕人惊觉。吓得俺魄散魂销，魄散魂销，红尘中，误了俺五陵年少。"（《驻马听》）

"男怕《夜奔》，女怕《思凡》"，看过裴艳玲的昆曲《夜奔》，才知道这一出戏对演员唱、念、做、打全面考量的难度。其实最见功底的是那一路仓皇奔逃中人物内心的真切展示。林冲的志向是"封侯万里班超"，然而"一朝谏诤触权豪，百战勋名做草茅，半生勤苦无功效"，于是"生逼做叛国的红巾，背主的黄巢"。一个最不想造反的人被逼上梁山，悲愤、凄惶、痛苦、矛盾……内心煎熬纷至沓来。"怀揣着雪刃刀"的八十万禁军教头"行一步，哭号啕"，在夜色下的荒郊里"汗津津身上似汤浇，急煎煎心内似火烧""魂飘胆销"。

李开先用极具抒情感染又不失自然浅显的曲词，酣畅淋漓地表现林冲英雄失路的内心独白，或直抒胸臆，或以景物渲染烘托。最后的《收江南》和《煞尾》我也很喜欢："呀！又听得乌鸦阵阵起松梢，数声残角断渔樵。忙投村店伴寂寥，想亲帏梦杳，空随风雨度良宵。""一宵儿奔走荒郊，残性命挣出一条。到梁山借得兵来，高俅哇，贼子！定把你奸臣扫！"

明代四大声腔并立，昆山腔得以脱颖而出缘于魏良辅的改造。梁辰鱼的《浣纱记》是以改良后的昆腔水磨调创作的第一

雅俗唱尽是自然

个剧目，可谓昆曲鼻祖。《浣纱记》以西施、范蠡的悲欢离合叙吴越之成败兴亡，并用两人的爱情信物——一缕溪纱推动贯穿故事情节。之后同样以此手法"借离合之情，写兴亡之感"的著名传奇，还有清代孔尚任的《桃花扇》。

汤显祖的"临川四梦"，我读过《紫钗记》和《牡丹亭》。《紫钗记》取材于唐传奇《霍小玉传》，将原本"痴心女子负心汉"的故事，改写成霍、李二人以挚情抵抗强权，并最终获得胜利。汤显祖在《紫钗记》本传开宗时说："人间何处说相思，我辈钟情似此。"又在《牡丹亭》标目中说："但是相思莫相负，牡丹亭上三生路。"可见其戏曲创作的核心要素在于一个"情"字。

"一生四梦，得意处惟在牡丹。"汤显祖以他的"情至观"创作了《牡丹亭》，在中国戏曲史上塑造了一个为情而死、因情复生的杜丽娘形象。"不到园林，怎知春色如许？"春日花园里、自然感召下，这个美丽的少女，从身体到精神，觉醒了她的青春和性灵。

有人说伟大的灵魂都是雌雄同体，汤显祖是其中之一。他说："情不知所起，一往而深。生者可以死，死可以生。生而不可与死，死而不可复生者，皆非情之至也。"（《牡丹亭题词》）虽然生死梦幻、极致的浪漫主义，让人觉得无异于神仙鬼怪的奇情传说，但我们也因此看到了现实以外的一些亮色，我以为这恰是文学存在的意义。

汤显祖提出"世总为情，情生诗歌""情有者理必无，理有者情必无"，写《牡丹亭》至动情处"卧庭中薪上，掩袂痛哭"，又强调戏曲创作应重"意趣神色"，哪怕不合声腔格律。这一种个性张扬、欲望追求和真切自然，在几百年前的封建时代卓尔不群，熠熠生辉。

清代传奇最著名的当推"南洪北孔"的《长生殿》和《桃花扇》，而我想提一提明末清初的苏州剧作家李玉。他在明亡后绝意仕途，毕生致力于戏曲创作，写出了大量的作品，其中以《清忠谱》《一捧雪》《占花魁》《千忠戮》等较为有名。

《千忠戮》写明朱棣假借"靖难"篡夺江山，建文帝扮作僧人出逃。朱棣即位后，以其雷霆手段对忠于建文朝的臣子进行残酷杀戮。建文帝在逃亡路上，目睹忠臣被害、传首四方的惨景，满腔悲怆。

失路的英雄尚能投奔梁山，报仇雪耻，扫除奸佞。失位的君王却只无力地哀叹："收拾起大地山河一担装，四大皆空相。历尽了渺渺程途、漠漠平林、垒垒高山、滚滚长江。但见那寒云惨雾和愁织，受不尽苦雨凄风带怨长。雄城壮，看江山无恙，谁识我一瓢一笠到襄阳。"（《惨睹·倾杯玉芙蓉》）

那么，在朝代更迭之际的芸芸众生呢？他们的迷茫无措、生死浮沉、血泪悲苦和亡国之痛，又往哪里去倾诉？明清易代，南明灭亡，大批江南遗民流离失所，悲怀故国。于是寄于诗词、演于戏曲，文人也罢、市民也好，雅俗间"家家'收拾起'，户户'不提防'（《长生殿》曲词'不提防余年值乱离'）"，强烈的情感得以宣泄共鸣。正如《桃花扇》给我印象最深的是

雅俗唱尽是自然

结尾四句："白骨青灰长艾萧，桃花扇底送南朝。不因重做兴亡梦，儿女浓情何处消。"

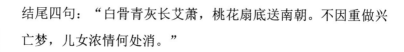

我的文学启蒙，其一是诗词，其二是戏曲。

小时候跟着妈妈、外婆看绍兴戏，只觉好听好看。读书识字后，发现最精彩的是那些唱词。初中的时候，我曾和有着一样志趣的同桌联手记录电视中播放的戏曲唱词。她记单数句，我记双数句，两人拼拼凑凑，实在没记下的，就只好自由发挥。

后来不知从哪里弄来一本《越剧小戏考》，简直如获至宝。泛黄的页面上，那些词句熠熠闪光。"夕阳西下晚霞红，骊歌声声催归鸿。劝君子临行更尽酒一盅，愿与你再问人间陌路逢。重叙离衷，重叙离衷"是龙女三娘的深情；"想当初遇知音喜诉衷肠，总以为大功成并翅翱翔。又谁知风波起掀卷恶浪，害得我眼失明孤凤折凰。连日来理国事要重振家邦，到夜晚坐深宫我九转回肠"是沙漠王子的哀伤；"读诗书，破万册。写杂剧，过半百。只为了一曲《窦娥冤》，俺与她双沥苌弘血。提什么黄泉无店宿忠魂，争说道青山有幸埋芳洁。俺与你发不同青心同热，生不同床死同穴。待来年遍地杜鹃花，看风前汉卿四姐双飞蝶。相永好，不言别"是关汉卿的豪迈。

还有我十分喜爱的《金山战鼓》，光是读韩世忠的那些唱词，就能叫人心生慷慨，热血沸腾："看长江鱼龙波伏风浪静，思明日如何一战定乾坤。扫尽那黑夜阴霾三千重，教天下处处可见启明星。""金兀术欲霸天下成一统，不惜那生灵涂炭干戈动。恨我朝未能众志树长城，只落得半壁江山在风雨中。此番他孤军深入江南地，怕的是长线鹞遇着断线风。""因此我拦截长江决死战，欲使那一马当先万马从。欲使那民心振奋气吐虹，千梁万柱撑大宋。""此一战，既抗君命冒死罪，又面对拼死突围数万众。虽孤军破敌艰难重，但于国于民利无穷。此一战，既要打得金兀术溃不成军、灭尽威风，又可打得朝廷断绝和议路难通。"

有一本上海文艺出版社的《新编大戏考》，是我在单位图书馆即将被处理掉的一大堆旧书里扒出来的。虽然两两相顾，我"尘满面"，它"鬓如霜"、破破烂烂老旧不堪，但我于此的欢喜不可言表。

戏曲唱词贵于浅深、浓淡、雅俗间本色当行，我就在这些自然真切、诗歌般的语言中沉醉，终于也忍不住拿起笔来。

千岩万转，迷花倚石。水穷云起，方悟前盟。

诗歌于我，文字于我，庶几是一场因缘宿命。

雅俗唱尽是自然

人生下半场

不过是莫名踩空两级台阶摔了一跤，被同事催着去看急诊，绑了个我以为大可不必的石膏，不承想没过几天竟发展成下肢深静脉血栓，当真是不知意外和明天哪一个先来。

难过沮丧中忽然更明白一点，果然世事无常，很应及时做些自己想做、喜欢做、擅长做的事，才不枉来这尘世一遭。蓦然回首，又觉自己浑浑噩噩许久，人生近半，唯一还燃着热情的大概只有从小爱着的那些诗词和笔下的文字。

整天躺在床上的日子心情灰暗。我想起一句旧歌词"山河大地本是微尘，何况是尘中的尘"，想起李商隐的"世界微尘里，吾宁爱与憎"。

我忽而释怀，又顿感虚无。在这寂静无垠的宇宙，我是谁，从何处来，往何处去，这来来去去又有什么意义？

窗外的树有居民投诉遮挡阳光被物业粗暴地砍去一半，骤显孱弱。几个月后的一天，当我无聊地坐在窗台上晒太阳，突然发现那常绿枝叶中斑驳着的淡黄色彩。自我搬来，看它从小树长至窗前，从来都是绿得蓊蓊郁郁。

而今，果然……唉！

但细看才发现那并不是枯叶，而是一枚枚含苞欲放的浅黄小朵，不过几日，便满树绽出花蕾。

真真是让人不知如何形容的惊喜。

这么多年，我从来不知道这棵树会开花，还是在遭受斧斫、经历寒冬之后。我怔怔地看它，阳光从花叶间穿过，照到身上，一袭温暖，别有馨香。

很多美好的情感，瞬时都在心头涌动。

一棵树的坚挺，一朵花的美丽，没有情感的生命，有如此活泼的喧闹，和那寂静无垠的宇宙形成鲜明的对比。那么，有着情感世界的我们呢，不应该活得更灿烂蓬勃些吗？

从古至今，长久以往，我们这许多热烈真切的情感，即便是悲伤、失意、彷徨，不也美得动人心扉。而凝聚着它们、承载着它们、穿越时空的诗篇和文字，何尝不是这寂静浩渺中生动明媚的力量。

我感知感受着它们，也希望它们为更多人所感知感受。

我忽然有些感悟，所谓的空无和不执着，并非让人放弃努力，对一切毫不在乎，而是一种执着努力之后的明白和坦然吧。明白于万事万物的本质，坦然于各种可能的结果，而这过程中的体验和体验后的悟得，便是人生的意义和哲学的价值。

一时兴起，为自己写了首歌——《人生下半场》。

163

人生下半场

弹指流光一晌

转眼今昔过往

兜兜转转地奔忙

颠沛在红尘路上

旧事笔墨几张

回首空余怅惘

心心念念的执着

有多少慢慢消亡

年轮中历的沧桑

看世事有多无常

那些不能阻挡的悲伤和彷徨

谁没有面对命运设下的魔障

人生下半场

让过往都成过往

想做的快去做　想要的别放手

紧紧握住时光

人生下半场

就让勇气飞扬

用全力去热爱　追逐着那梦想

这一次要不负所望

遇见自己最好的模样

哪怕挫折不灭磨难仍张狂

也要努力去遇见自己

最好的模样

　　治疗休养一年，腿脚依有不适。血管外科医生说要穿弹力袜，避免久坐久站。骨科医生的诊断结论是"右膝髌股关节炎"，叮嘱调整活动方式，不能爬楼登山。

　　我庆幸之前去看了黄山的日出，登了华山的西峰，爬了慕田峪的长城，钻了武夷山的一线天，走了梅家坞的十里琅珰，寻了贺兰山的岩画和羚羊……

　　以后，怕是不能再恣意登临，以观气象了。

　　所幸还有笔下的文字和那些我爱着的诗词。即使不能踏遍祖国的大好河山、饱览更多壮丽秀美的风景，心中存丘壑，笔端绘风光，便一样可以畅游这天地山河吧。

　　人生下半场，就算以一些磨难困苦开头，也要努力去遇见自己最好的模样。

　　像窗外的那棵树，树上的那些花，奋力向上，坚强盛开，被看见、被欣赏、被赞叹和遐想……

人生下半场